Impressum:

Deutsche Orginalausgabe

Alle Rechte vorbehalten

Herstellung und Verlag:

BoD – Books on Demand

In de Tarpen 32, 22848 Norderstedt

www.bod.de

Copyright (Bild/Text): Marc Palmer

ISBN: 978- 3-7386-418-51

Nationaler und Internationaler Vertrieb:

Books on Demand

Deutsche Erstauflage: Oktober 2015

Marc Palmer

Zürich außer Kontrolle

THRILLER

FÜR DIE TOTEN UND
GESCHÄDIGTEN VON ALLEN
ARZNEIMITTEL - SKANDALEN

Vorwort:

„**Zürich außer Kontrolle**" ist eine frei erfundene Geschichte. Namensgleichheiten mit lebenden oder toten Personen sind reiner Zufall. Die Schauplätze sind zum größten Teil real und wurden bei meinen Recherchen besucht. Am Ende des Buches sollten Sie die Seite: „**Dichtung und Wahrheit**" genau lesen. Dann sehen Sie, was es für aufsehenerregende und erschreckende Skandale in den letzten Jahrzehnten in der Pharma-Industrie immer wieder gab. Weltweit.

Studien werden auch regelmäßig in mehreren Instituten in Deutschland und der Schweiz angeboten. Dort werden oft mit großem Akquiseaufwand neue „Probanden" gesucht.

Marc Palmer, Oktober 2015

Zum Autor:

„Marc Palmer" ist das Pseudonym eines Allgäuer Autors. „Zürich außer Kontrolle" ist sein fünfter Krimi. Aufgrund der Liebe zur Natur und der schönen Bergwelt im Allgäu, hat er auch bereits drei Wanderführer veröffentlicht. Er ist im Allgäu geboren und lebt auch heute noch dort.

Prolog

Ein Temperatursturz und Wetterumschwung brachte den Winter in die größte Stadt der Schweiz zurück. Wenige Tage zuvor waren die Gastronomen noch voller Hoffnung gewesen das der Frühling kommt, aber ihre Bestuhlung und Dekoration, vor allem der vielen Lokale und Cafe`s rund um den Zürichsee, war umsonst gewesen. Seit einigen Stunden gab es Graupelschauer und Schneeregen bei gerade mal vier Grad. Vierundzwanzig Stunden vorher waren es noch siebzehn Grad mehr gewesen. Kein Frühlingserwachen lag über der Stadt, sondern eine triste, düstere und ungemütliche Atmosphäre. Aber Rudi Schlatter war das egal. Er war seit einigen Jahren das Leben auf der Straße, unter den vielen Brücken und sogar am Flughafen gewöhnt. Er war einer von ungefähr fünfzig Obdachlosen, die in der reichen Stadt versuchten, ohne einen festen Wohnsitz zu überleben. Wieder einmal hatte er es diesen Winter geschafft, obwohl es Ende Januar in der Stadt über mehrere Tage Temperaturen von bis zu minus zwanzig Grad und fünfzehn Zentimeter Schnee gegeben hatte. Er hätte wie die Jahre zuvor, auch am Flughafen übernachten können, dort wurden in entlegenen Bereichen die Obdachlosen geduldet, sofern sie die Reisenden und Passagiere in Ruhe ließen und nicht anbettelten. Doch einige seiner „Kollegen" hielten sich nicht daran, immer häufiger gab es Streitigkeiten unter ihnen, deshalb zog er lieber die Nächte im Freien, vorwiegend entlang des Limmat-Ufers vor. Die „Limmat" ist ein

36 Kilometer langer Fluss und bildet den Hauptzufluss des schönen Zürichsees. Sie fliesst anschließend durch das Limmattal, und mündet im sogenannten Wasserschloss bei Brugg im Kanton Aargau in die Aare.

Rudi Schlatter war vor vier Wochen sechsundsechzig geworden, und es war der vierte Winter für ihn auf der Straße gewesen. Wie viele er wohl noch überleben würde? Vor fünf Monaten hatte er seinen letzten großen Zahltag gehabt, als er bei einer Arzneimittelstudie noch Versuchskaninchen spielen durfte. Trotz seiner angegriffenen Leber und fortgeschrittener Arthrose wurde er genommen. Das war jetzt aber vorbei, über fünfundsechzig wurden so gut wie nie mehr Probanden gesucht. Er schlief am liebsten mit seinem Schlafsack auf weichem Untergrund, den es auch unter den Brücken reichlich gab. Immer noch besser als auf den steinharten Böden oder den unbequemen Holzbänken im Zürcher Flughafen zu pennen. Auch jetzt machte er sich wieder sein Schlaflager zurecht und nahm noch einen wärmenden Schluck aus seiner geliebten „Gorbatschow-Flasche". Genüsslich spürte er das angenehme und wärmende Brennen in seiner trockenen Kehle. Mittlerweile kannnte er fast jeden Quadratmeter entlang der langen Uferstreifen. Manchmal gesellte sich sogar eine der Hauskatzen der umliegenden Anwohner zu ihm und kroch in seinen warmen Schlafsack. Aber heute war es still, gespenstisch still, nur der Regen der immer mehr in Schnee überging war zu hören.

Doch auf einmal hörte er ein Knacken, als ob jemand auf einen Ast getreten wäre. Kam doch „Sissy", die weiße Hauskatze? Aber die war doch immer ganz lautlos, außer wenn sie vor Freude zum Miauen anfing, wenn sie ihn schon von weitem am Ufer liegen sah.

Da. Schon wieder ein Laut! Oder trübte der Schnaps seine Sinne? Nein, das konnte nicht sein. Irgendjemand trieb sich hier in unmittelbarer Nähe herum. Wollte ihm einer seiner „Kameraden" den Platz streitig machen? Auch das hatte es schon gegeben; Revierkämpfe unter den Obdachlosen. Vor allem im Sommer führte das bereits zu einigen Polizeieinsätzen. Die Situation würde sich die nächsten Jahre bestimmt noch verschärfen, vor allem dann, wenn kein Platz mehr für die ganzen Flüchtlinge vorhanden war. Vielleicht wurde er aber auch ganz einfach nur alt, und das Gehirn spielte ihm nur einen Streich. Er musste jetzt auf jeden Fall noch zum pinkeln, bevor er sich in seinen Schlafsack einlullte. Er richtete sich unter dem Brückenpfeiler auf, der fast die ganze Nässe von seinem Platz abhielt. Die schwache Beleuchtung von der gegenüberliegenden Uferseite warf bizarre Schatten.

Wieder sah er sich nach allen Seiten um, ob sich auch niemand hier rumtrieb und ihn womöglich noch bei seinem „Geschäft" störte. Dann trat er näher ans Ufer und zog seinen Reißverschluss nach unten. Ach, war das eine große Erleichterung für ihn, als sein gelber Strahl kam und er gegenüber auf die beleuchteten Häuser blickte.

Knack! Knack! Vor Schreck pisste er die letzten Tropfen an sein linkes Hosenbein.

Wieder riss er erschrocken den Kopf herum und spähte nervös nach allen Seiten. Er zog seinen Reisverschluß hastig wieder hoch, dann sah er endlich was.

Einen Schatten. Ein großer Schatten der sich vor ihm auftürmte. Nein, sogar zwei! Verdammte Scheiße, zwei Typen hier zu später Stunde an seinem Lieblingsplatz.

„Was wollt ihr hier?", fragte er mit fester Stimme. Furcht durfte man hier keine zeigen, jede Schwäche konnte verhängnisvoll sein.

„Dich!", sagte der Größere der beiden.

Trotz der Dunkelheit und des Niederschlags konnte er einen mittelgroßen und einen riesigen Typen erkennen. Aber vielleicht standen sie in der Schräge des Uferhanges auch nur so schief, dass es eine Täuschung war?

Rudi Schlatter griff reflexartig an sein Gesäß.

Verdammt, warum hatte er nur sein Taschenmesser im Schlafsack gelassen? Wenn die Typen Schläger waren, hatte er jetzt schlechte Chancen. Aber, was wollten sie von ihm? Er hatte doch nichts.

„Warum mich? Verdammt, was hab ich euch getan?"

Sie traten noch näher heran, nur noch anderthalb Meter trennte ihn von den beiden. Er lief leicht rückwärts und geriet ins Straucheln. Beinahe wäre er ausgerutscht, aber er konnte sich gerade noch fangen. Doch das reichte den beiden. Der Größere trat blitzschnell auf ihn zu und drosch ihm die Faust ins Gesicht. Obwohl er nicht mehr der Schnellste war, zuckte er mit dem Kopf instinktiv zur Seite, sodass die Faust ihn nur mit halber Wucht an der Wange traf. Er hob seine beiden Hände schützend vor sein Gesicht, aber ein weiterer Schlag war tiefer gesetzt, und traf ihn in diesmal mit voller Kraft in den Magen. Die Wucht raubte ihm den Atem.

„Hilfe!", presste er gequält hervor, aber es war kaum mehr als ein letztes Stöhnen, dass ohne Luftholen nicht mehr zu hören war.

Es war das letzte Wort in seinem Leben.

Ein weiterer Schlag traf seinen Kopf, dann stürzte er zu Boden. Jetzt trafen ihn die Füße der beiden. Sie traten auf ihn ein bis er sich nicht mehr rührte. Als er blutüberströmt und bewegungslos am Boden lag, sahen sie sich lächelnd an. Dann hoben sie ihn auf, trugen ihn zum Ufer und warfen ihn ins eiskalte Wasser. Sie sahen sich langsam nach allen Seiten um, ob jemand was gesehen haben könnte. Aber außer den Schneeflocken war weit und breit nichts zu erkennen, dann zündeten sie sich zufrieden eine Zigarette an.

Der Erste war erledigt.

Dann stiefelten sie in der kalten Nacht davon.

Kapitel 1

1. April, 19.30 Uhr. Buchenberg (Allgäu)

Ein langes Läuten schreckte mich auf als ich halb dämmernd auf meinem Sofa im Wohnzimmer lag. Ich war erst vor zehn Minuten von der Arbeit gekommen und mir taten die Beine weh, vom fast neunstündigen Stehen und Gehen im Geschäft. Ächzend erhob ich mich und lief zum Fenster. Ich wohnte in einer fünfundsiebzig Quadratmeter großen Dreizimmerwohnung in einem Mehrfamilienhaus im Luftkurort Buchenberg. Das liegt im schönen Oberallgäu, knapp sieben Kilometer westlich von Kempten, der größten Stadt des Allgäus. Vom ersten Stock blickte ich runter auf den Eingang, und sah zwei Männer die ich bestimmt noch nie zuvor gesehen hatte. Was wollten die beiden Typen jetzt um diese Zeit noch? Wie Vertreter sahen sie nicht aus, obwohl sie beide gepflegt gekleidet waren. Ich öffnete das Fenster und rief runter: „Meine Herren, was verschafft mir die Ehre, zu so später Stunde? Etwa, Zeugen Jehovas?"

Beide sahen mich todernst an, und einer von beiden, ein schlaksiger rothaariger Typ um die dreißig, fragte: „Herr Paul Glaser?" Der Zweite, einen halben Kopf kleiner und etwas untersetzt, hob gleichzeitig einen Ausweis in die Luft.

„Stimmt glatt. Nur Ihren Ausweis kann ich auf die Entfernung nicht erkennen, trotz meiner Adleraugen. Polizei?"

„Korrekt, Herr Glaser. Wir würden Sie gern ein paar Minuten sprechen. Es ist sehr wichtig. Mein Name ist Wiegand, und das hier ist mein Kollege Bätzing. Wir sind von der Kripo Kempten."

„Kripo? Hoffentlich ist das kein April-Scherz?" Dann dämmerte es mir auf einmal, und ich wusste schlagartig aus welchem Grund sie gekommen waren.

„Okay, drücken Sie in zehn Sekunden. Dann 1. Stock, links." Ich lief gemächlich zur Tür und drückte den Summer an der Sprechanlage. Kein neunzig Sekunden später standen sie im Angesicht vor mir.

„Kommen Sie in die gute Stube, meine Herren." Ich ging voraus ins Wohnzimmer und blieb vor meiner Couch-Garnitur stehen. „Setzen Sie sich", sagte ich und deutete mit der Hand auf das Sofa. Beim kurzen Blick aus dem Fenster sah ich gegenüberliegend meinen Nachbarn, der neugierig alles von seinem Balkon aus verfolgt hatte. Auf dem Land gibt es unheimlich viele nette Leute, aber auch sehr Neugierige. Vor allem Ältere. Leider.

„Was verschafft mir die Ehre Ihres Besuches?"

Der Rotschopf, der Reiner Bätzing hieß, antwortete: „Sorry, dass wir unangemeldet kommen. Aber wir wollten Sie nicht während Ihrer Arbeitszeit im Sportshop aufsuchen."

„Sehr verständnisvoll." Sie hatten sich bestimmt schon im Vorfeld darüber informiert, dass ich als Verkäufer in einem Sportgeschäft in Buchenberg arbeitete, und das jetzt mittlerweile im zehnten Jahr.

„Es geht um Ihren Freund, Peter Kelly", sagte der leicht übergewichtige Mann, der sich als Bernd Wiegand aus-

14

wies. Sein Kollege Bätzing, sah sich derweil aufmerksam meine ganzen Pokale und Urkunden an, die überall auf den Regalen standen und an den Wänden hingen.

„Was ist mit ihm? Geht's ihm in der Freudenberg-Klinik nicht gut?", fragte ich.

„Doch, schon. Aber es gibt noch einige Dinge die wir gern wissen würden, und sie sind ja sein bester Freund. Das stimmt doch, oder?"

„Na, wenn Peter das sagt, stimmt es bestimmt. Wenn Sie sonst schon kaum was von seinen Aussagen glauben."

„Er verzettelt sich leider häufig in Widersprüche. Schwer zu sagen was nun stimmt oder nicht."

„Und Sie haben keinen anderen Verdächtigen. Stimmt`s?"

„Sie sagen es. Alle Spuren weisen nun mal auf Ihren Freund hin. Haben Sie viel gemeinsam Sport gemacht? Sie haben ja unendlich viele Preise gewonnen."

„Die letzten Jahre immer weniger. Als er mit dem Schreiben anfing, hatte er nicht mehr so viel Zeit und kaum noch Lust. Außerdem musste er sich viel um seine Tochter Sophie kümmern, dass erfordert viel Zeit und Geduld. Alleiner-ziehender Vater zusein ist eine gewaltige Aufgabe."

Wiegands Blick blieb bei meinem letzten großen Erfolg hängen. „Berglaufweltmeister. Sensationell! Sie müssen ja topfit sein?"

„War ich", antgegnete ich. „Wenn Sie auf das Datum schauen, sehen Sie, dass es schon vier Jahre her ist. Jetzt hätte ich vermutlich keine Chance mehr, ich trainiere nicht mehr viel für Wettkämpfe. Nur bei einem kleinen Volkslauf im Tannheimer Tal mach ich dieses Jahr noch mit, dann ist aber endgültig Schluß. Ich lass es dann etwas ruhiger angehen, mit siebenunddreißig Jahren bin ich ja schließlich nicht mehr der Jüngste."

„Wie halten Sie sich denn immer fit? Sie haben ja eine Figur wie ein Zehnkämpfer."

„Schwimmen, Fitness, Wandern, Langlauf und Karate. Aber Sie sind doch nicht wegen mir hier, oder? Was hat das mit Kelly zu tun?" Langsam ging mir ihre Fragerei auf den Sack. Ich bot ihnen kein Getränk an, sonst würden sie womöglich noch länger bleiben als geplant. Außerdem hatte ich eh nur Iso-Drinks und Müllermilch im Kühlschrank. Und jetzt noch Kaffee zumachen, dafür hatte ich nun wirklich keine Lust mehr. Schließlich hatte ich eine altmodische Filter-Kaffeemaschine.

„Wie lange sind Sie beide denn schon befreundet?", fragte Wiegand und sah mich mit seinen Froschgrünen Augen an.

„Seit ungefähr fünfzehn Jahren. Wir haben uns beim Langlaufen in Eschach kennengelernt, als in Isny kaum noch Schnee lag", antwortete ich.

Peter Kelly wohnte (bis vor zwei Monaten) in Burkwang, einem kleinen Weiler am Ortsrand von Isny, zweihundert Meter von einem idyllischen Baggersee entfernt. Als er heiratete, kauften er und seine damalige Frau Nicole, die aus der Gegend stammte, ein kleines renovierungsbedürftiges Bauernhaus und brachten es auf Vordermann. Bis sich dann mehrere Tragödien auf einmal ereigneten, kurz nach der Geburt ihrer Tochter Sophie.

Beide Polizisten sahen mich an, wie zwei Raubtiere die auf Beutefang waren. „Wann haben sie Kelly zum letzten Mal gesehen?", fragte Bätzing und kratzte sich dabei an seiner Nase.

„Vor fünf Tagen, als ich ihn in der Klinik besuchte. Warum?"

„Was machte er für einen Eindruck auf Sie?"

„Einen ziemlich deprimierten. Verständlich bei der Anklage, oder? In Anbetracht der ganzen schrecklichen Umstände war er noch halbwegs gut beieinander."

„Nur halbwegs?", fragte Wiegand.

„Na, hören Sie mal. Der Mann wird vollgestopft mit Psychopharmaka und behandelt wie ein Schwerverbrecher. Seine Tochter wächst jetzt bei den Großeltern auf, musste ihren Namen ändern und sogar die Schule wechseln, aufgrund von ständigen Hänseleien und Anfeindungen. Glauben Sie, dass ist ein Leben? Das ist für die beiden die Hölle auf Erden."

„Ist er denn ein Verbrecher?"

„Für Sie vielleicht schon, für mich nicht. Ich glaube an seine Unschuld, auch wenn ich wahrscheinlich der Einzige bin."

Bätzing spielte mit seinen Händen und ließ seine Gelenke knacken. Dann fragte er: „Warum sollte er unschuldig sein? Die Beweislast ist erdrückend."

„Für euch schon, weil ihr den Richtigen nicht findet."

„Wer sollte denn sonst diese grausamen Taten begangen haben?"

17

„Bin ich Rasputin? Mein Gefühl sagt mir, dass er unschuldig ist. Und wir werden ja vor Gericht sehen, ob eure Beweise für eine Verurteilung ausreichen. Vielleicht wird er sogar verurteilt weil er ein Motiv hatte, zumindest für einige der Morde. Und Sie haben mich bestimmt deshalb aufgesucht, weil ich auch aussagen soll, dass er ein unberechenbarer, gestörter und psychisch kranker Irrer ist. Aber Sie täuschen sich, das werde ich ganz bestimmt nicht sagen."

„Sondern?"

„Das ich an seine Unschuld glaube, und ihn nicht für fähig halte solche Taten zu begehen."

„Aber er war immer allein als die Taten verübt wurden. Auch Sie, Herr Glaser, konnten ihm kein Alibi geben."

„Klar, warum sollte ich auch lügen? Ich bin ja ein ehrlicher Mensch. Außerdem steckte ich die letzten zwei Jahre in einer Beziehung, da hatten wir nicht mehr so intensiv Kontakt wie davor", log ich. *Ich hatte nur drei Affären.*

„Damit wir uns nicht falsch verstehen, Herr Glaser. Auch wir von der Kripo Kempten hegen leichte Zweifel, aber wir finden leider nichts, was Ihren Freund entlasten könnte. Hat er Ihnen bei Ihrem Klinik-Besuch vielleicht irgendwas erzählt, was er der Polizei bisher verschweigt? Kennen Sie diesen Walter Pickert, von dem er immer sprach? Er sagte ständig, dieser Mann würde noch leben und hätte was mit diesen Verbrechen zutun, aber Pickert kam bei einem sehr schweren Verkehrsunfall in Reutte ums Leben."

„So, Sie haben also auch leichte Zweifel? Ja, ganz was Neues. Wenn man die Berichterstattung und die Medienberichte so verfolgte, könnte man meinen, die größte Bestie der Nachkriegsgeschichte ist Peter Kelly. Was diesen Pickert betrifft; Ich weiß auch nicht mehr wie Sie. Aber er scheint in diesem Fall eine große Rolle zuspielen. Und was den Unfall betrifft: Die beiden verbrannten Opfer konnten bis heute noch nicht identifiziert werden. Das könnten zwei ganz andere sein, als die, die sich bei der Auto-Vermietung das Fahrzeug geliehen haben. Pickert gilt auch bei Niemandem als vermisst. Auch diese Frau nicht, wo angeblich bei ihm war."

Bätzing runzelte nur seine mit braunen Flecken übersäte Stirn bei meinen Vermutungen. „Sie scheinen sich ja doch intensiver mit dem Fall beschäftigt zu haben, als wir dachten", meinte Wiegand und sah seinen Kollegen stirnrunzelnd an.

„Klar, ganz ahnungslos bin ich nicht. Ich glaube nur Peters Version mehr, als dass, was alle anderen ihm andichten wollen. Aber ansonsten kann ich Ihnen nicht mehr weiterhelfen."

Sie merkten anscheinend, dass aus mir nichts mehr herauszukriegen war. Sie sahen sich erneut an, und standen dann plötzlich wie auf Kommando gleichzeitig auf.

„Okay, Herr Glaser. Hat uns gefreut Sie kennengelernt zu haben. Sollte Ihnen doch noch was Wichtiges einfallen was Ihrem Freund und uns helfen könnte, lassen Sie es uns wissen."

Aber auch nur vielleicht, dachte ich.

Dann reichte mir Bätzing zum Abschied seine Visitenkarte,

und beide schüttelten mir die Hand, ohne dabei in meine Augen zublicken.

Ich hatte die beiden nicht angelogen, aber ihnen auch nicht alles erzählt, das ist für mich ein Unterschied. Und Peter hatte mir sogar einen Tipp gegeben, wo ich diesen Pickert finden konnte. Ich hatte mir vorgenommen alles zu tun was Peter entlasten könnte. Ich stand in seiner Schuld, denn er hatte mir vor acht Jahren das Leben gerettet, auf einer gemeinsamen Tour am Heilbronner Weg, als ich an einer vereisten Scharte ausrutschte und er geistesgegenwärtig handelte, sonst wäre ich in die Tiefe gestürzt.

Sie sollten wissen, dass er nicht nur wegen psychischer Probleme in der Freudental-Klinik ist. In zwanzig Tagen soll ihm der Prozess gemacht werden. Wegen eines Vergehens, das wochenlang die ganze Nation in Atem hielt. Es waren grauenvolle Dinge die sich im beschaulichen Allgäu ereigneten. Dinge, für die es immer noch keine schlüssigen Erklärungen gab. Und einen Mann, der dafür am Pranger stand: Peter Kelly, mein bester Freund.

Die Anklage gegen ihn lautete: ZWÖLFFACHER MORD!

KAPITEL 2

2. April, 9.00 Uhr. Freudental-Klinik (Kempten)

„Was, die Bullen waren bei dir? Was wollten Sie alles wissen?"

Ich saß mit Peter Kelly in der Cafeteria der Nervenklinik, wo er vor zwei Monaten eingeliefert wurde. Ich hatte meinen Chef im Sportgeschäft gebeten, heute erst nachmittags anfangen zu dürfen, aufgrund brisanter Umstände. Er gab mir sofort frei, da es seit einigen Tagen sehr ruhig im Sportgeschäft war, und weil die Wintersaison endete. Auch in dem hochgelegenen Buchenberg schmolz der Schnee rapide dahin. Wir lebten im Winter vorwiegend vom Verkauf der Wintersport-Artikel und dem dazugehörigen Verleih des ganzen Equipments. Außer uns saßen nur zwei andere Personen im hintersten Eck des Raumes. Vermutlich ein anderer Patient mit seinem Besuch. Beide würdigten uns keines Blickes. Dann betrat ein Pfleger den Raum und holte sich einen Becher Kaffee am Automaten gegenüber von uns. Ich beugte mich etwas zu Peter vor und flüsterte: „Glaubst du, hier gibt's Wanzen?"

„Möglich, denen traue ich hier alles zu. Aber erzähl mir ruhig, was die von der Kripo alles wissen wollten, das sind ja schließlich keine belastenden Angaben."

„Auf jeden Fall gelten hier strenge Sicherheitsregeln, ich wurde am Eingang akribischer durchsucht, als letztes Jahr beim einchecken im Münchner Flughafen."

„Kann ich verstehen. Eine Pflegerin wurde vor drei Monaten mit einem Taschenmesser bedroht, obwohl es hier nur
Plastikbesteck gibt. Also können nur Besucher solche Waffen reinschmuggeln. Aber jetzt erzähl bitte, was sie so alles
gefragt haben."

„Sie fragten nach unserem „Verhältnis", wie lang wir uns
schon kennen, woher, und so weiter. Dann wollten sie wissen, ob ich diesen Walter Pickert kenne."

Peter`s Blick war wie von einem gehetzten Wolf.

Zum Verständnis: Peter Kelly, ein früherer Journalist, besuchte 2014 einen Schreibzirkel, weil es schon immer sein
Traum war ein eigenes Buch zu veröffentlichen. Über eine
Anzeige stieß er auf diesen ominösen Walter Pickert, der
solche Seminare für angehende Autoren veranstaltete.
Pickert gelang in den 80er Jahren ein Bestseller, dann verschwand er aber für viele Jahre in der Versenkung, eher er
in den 90er Jahren in Thailand beim Missbrauch mit Min-
derjährigen inhaftiert wurde. Nur unter großen diploma-
tischen Bemühungen des damaligen Außenminister Gen-
scher, wurde er nach einem halben Jahr an Deutschland
ausgeliefert. Dort kam er mit Bewährung und Geldstrafe
davon. Danach verschwand er für einige Jahre von der
Bildfläche, und zog auf die Schweizer Seite des Bodensees.
Hier übernahm er eine kleine Druckerei, die aber drei Jahre
später Insolvenz anmeldete. Dann hörte man von Pickert
viele Jahre nichts mehr. Er versuchte zwar seine „Erleb-
nisse" in Thailand auch über ein Buch zu verbreiten, aber
das interessierte anscheinend kaum noch jemand. Es wurde
ein Ladenhüter. Trotzdem versuchte er mit Mitte sechzig
wieder Kohle zu machen, indem er Schreibzirkel veran-

staltete, vorwiegend im Raum Ravensburg. Auch Peter meldete sich auf solch einen Workshop an, und absolvierte ihn mit durchschlagendem Erfolg. Die meisten der anderen Teilnehmer die selbiges vorhatten, kamen schlechter weg. Sie waren nämlich kurze Zeit später, tot!

Und Peter Kelly tat das, was man eigentlich tunlichst vermeiden sollte: Er „klaute" einer anderen Teilnehmerin die Geschichte! Er war von der Story des „Schneeteufels" so fasziniert, dass er leicht verändert diese Geschichte niederschrieb, und damit einen der größten Verkaufserfolge aller Zeiten in der Buchbranche erzielte.

Das Unheimliche an der ganzen Sache war nur, das einer nach dem anderen des Zirkels, kurze Zeit später, unter mysteriösen Umständen ums Leben kam, außer einem. Und von dem wurde Peter erpresst, dann war er kurze Zeit später auch tot. Klar, dass es in dem Fall nur einen geben konnte, der dafür verantwortlich war: Peter. Alle Motive führten natürlich zu ihm. Die Beweislast war so erdrückend, dass es für die Polizei und die Medien nur einen „wahren Täter" gab, der diese grauenvolle Mordserie verübt haben musste:

Ein „Monster" namens Peter Kelly.

Dazu kam noch, dass er sich seit einigen Jahren aufgrund von psychischen Problemen in therapeutischer Behandlung befand. Auch sein früherer Psychiater befand sich unter den Mordopfern. Bizarr an der mysteriösen Geschichte war auch die Tatsache, dass viele der schrecklichen Morde auch in Peters Buch so beschrieben wurden, bevor sie stattfanden!

23

Kein Wunder also, das er für die Medien der kranke, schizophrene Killer sein musste. Nur nicht für mich, ich traute immer das nie und nimmer zu. Aber vielleicht erlag auch ich einem fatalen Irrtum? Ich hoffte, die Wahrheit kam möglichst bald ans Licht.

„Und was hast du ihnen über mich und Pickert sonst noch erzählt?", riss mich Peter wieder aus meinen Gedanken.

„Nur das, was ich von dir weiß. Eigentlich sogar weniger, schließlich kennen sie ja die Story schon lang und breit von dir. Und dann sagte ich, dass ich dich nicht für fähig halte, solche abscheulichen Morde zu begehen. Das ich selbstverständlich alles tun werde, um dir zu helfen. Wie diese Hilfe aussehen soll, habe ich Ihnen natürlich nicht gesagt, dass weiß ich ja selbst noch nicht so genau."

„Paul, es gibt nur eine Chance um mir zu helfen."

„Welche?"

„Finde Pickert. Er lebt, da bin ich mir absolut sicher."

„Und wo soll ich ihn suchen?"

„Fahr in die Schweiz, dort wo er zuletzt wohnte. Als ich noch Zugriff auf mein Vermögen hatte, hab ich einen Privatdetektiv beauftragt, herauszufinden, wo Walter Pickert lebte. Starte dort deine Suche, vielleicht wirst du fündig. In knapp drei Wochen beginnt mein Prozess. Du bist meine letzte Chance um nicht verurteilt zu werden!"

„Und wer waren die verkohlten Leichen, die man aus dem Autowrack bei Reutte herausgezogen hat?"

„Wenn ich`s wüsste, würd ich dir`s sagen, aber mit Sicherheit nicht Pickert. Er will nur, dass man ihn für tot hält."

Das war der Strohhalm, an den sich Peter klammerte. Es konnte jetzt, fast zwei Monate nach diesem Unfall in Österreich, immer noch nicht identifiziert werden, wer sich wirklich im Fahrzeug befand. Nur bei der Autovermietung wurde ein Ausweis von Pickert vorgelegt, aber der konnte ja gefälscht gewesen sein. Oder er gab ihn jemand anderen der später das Fahrzeug fuhr, und machte sich dann aus dem Staub. Alles nur Vermutungen, aber möglich war alles. Von Peter wusste ich, dass er vor seiner Verhaftung von jemandem aus dem Schreibzirkel wegen dem Plagiatsvorwurf erpresst wurde, und der konnte auch mit Pickert unter einer Decke gesteckt haben. Und Pickert hatte diesen Mann dann beseitigt, und konnte die Tat Kelly später in die Schuhe schieben. Höchste Zeit also, endlich diesen Walter Pickert zu finden.

„Wie hieß dieser Detektiv, den du da beauftragt hast?"

„Ralf Stockhausen. Er hat seine Detektei in Ravensburg."

„Macht es Sinn, ihn zu kontaktieren?"

„Nein, das was er herausgefunden hat, kann ich dir auch jetzt sagen. Er recherchierte den letzten Wohnsitz von Pickert in Arbon. Die Adresse teilte er mir noch mit. Dann stellte er seine Arbeit ein, weil ich vom Gefängnis keinen Zugriff mehr auf mein Geld hatte, um ihn weiter bezahlen zu können."

Er sah sich nach den anderen im Raum um. Der Pfleger war vor wenigen Sekunden verschwunden. Er griff in seine Hosentasche. „Hier, steck das ein, und schau es dir später

25

draußen an."

Ich nahm einen zerknüllten Zettl aus seiner Hand, und steckte ihn in meine Hosentasche. Dann sah er sich wieder um, und flüsterte: „Auf dem Papier steht die letzte Adresse von Pickert in Arbon. Vielleicht kannst du ja einen Blick in seine ehemalige Wohnung werfen, und den Nachmieter fragen, ob er jemanden zu Gesicht bekommen hat. Als Stockhausen zuletzt vor vier Wochen in der Wohnung war, gab es dort Lebenszeichen. Und dann steht noch was anderes auf dem Papier."

„Was?"

„Ein Versteck!"

„Welches Versteck?"

„Ein Geldversteck!"

„Was soll ich da?"

„Es holen natürlich, oder was dachtest du? Du bist der Einzige, außer meiner Tochter, dem ich noch vertraue. Aber Sophie ist noch viel zu jung um es zu holen. Außerdem beobachten meine Eltern fast jeden Schritt von ihr."

„Was soll ich mit dem Geld? Das hättest du ja dem Detektiv geben können."

„Paul, nur dir vertrau ich wirklich. Dieser Typ hätte sich das Geld vielleicht nur unter den Nagel gerissen, und dann nichts mehr getan."

„Soll ich die Kohle zu deinen Eltern und Sophie bringen?"

„Nein, auf keinen Fall. Auch sie brauchen nichts davon zu

wissen. Das ist für dich. Für deinen Glauben und Mut mir zu helfen. Und für die ganzen Unkosten, falls du länger in der Schweiz verweilen solltest."

„Ich kann dort nicht ewig bleiben. Bei uns im Sportgeschäft ist jetzt bis Anfang Mai wenig los. Zwei – bis maximal drei Wochen Urlaub bekomm ich sicher, aber nicht mehr. Ich werde meinen Chef bitten, dass er mir zwei Wochen gibt. Ich hoffe, das reicht. Ich rufe ihn in einer halben Stunde an, dann kann ich vielleicht heut nachmittags noch starten. Ist eh grad tote Hose bei uns, und die Teilzeitkaft wird froh sein, wenn sie was zutun hat. Wie viel Geld ist in dem Versteck?"

„Genug, dass du dir ein gutes Top-Hotel nehmen kannst. Stockhausen erwähnte, dass laut seinen Recherchen, Pickert auch einige Zeit in Zürich gewohnt haben soll. Ähnliches erwähnte Pickert auch damals, als er sich der Gruppe beim Schreibzirkel vorstellte. Vielleicht solltest du auch dort ein paar Tage auf Spurensuche gehen. Womöglich hat er noch irgendwelche Kontakte, Freunde, Verwandte, Beziehungen oder sonst was."

„Wir werden sehen. Jetzt schau ich mich erst mal in deinem Versteck um, dann buch ich für eine Nacht ein Zimmer in Arbon. Alles Weitere wird sich dann zeigen. Kann ich sonst noch was für dich tun? Hast du alles was du brauchst? Schlafanzüge, Bücher, Unterhosen?"

„Ich habe eigentlich alles. Sophie hat mir vor drei Tagen alles Notwendige mitgebracht."

„Geht es ihr gut?"

„Den Umständen entsprechend. Sie ist von Biberach nach Ochsenhausen an die Mittelschule gewechselt. Dort kennt sie keiner, und hänselt sie hoffentlich auch niemand mehr. Sie heißt jetzt „Klaas", so wie dieser Klamauk-Moderator im Fernsehen. Paul, wenn meine Unschuld feststeht, von dem ich bald ausgehe, werde ich meine Zelte in Deutschland abbrechen. Dann hole ich Sophie und flieg mit ihr nach Kanada. Das war schon immer ihr Traum, und meiner auch. Dann werde ich in der Wildnis ein Buch schreiben, mit dir als Romanheld. Ich weiß auch schon den Titel.

„Wie soll der lauten?"

„SOLO FÜR PAUL!"

Er grinste. Ich auch.

Der Gedanke gefiel mir. Wie konnte ich auch nur ahnen, dass die nächsten Tage die schrecklichsten meines Lebens werden sollten?

KAPITEL 3

Zur gleichen Zeit in Zürich (Schweiz)

Nach sieben Jahren bei der regionalen Kantonspolizei wollte Rene Sutter endlich zur Kripo. Die letzten Jahre hatte er sich vorwiegend mit Verkehrssündern, Dieben, Schlägern und sonstigem Gesindel herumgeärgert. Höchste Zeit also, jetzt mit Ende zwanzig, endlich zur Kriminalpolizei aufzusteigen. Er wusste von Kollegen, dass das auch kein Zuckerschlecken war, aber zumindest erhoffte er sich abwechslungsreichere und vor allem interessantere Fälle. Nach seiner Ausbildung durchlief er das übliche Programm; Zuerst arbeitete er sieben Monate bei der FPEA, der Einsatzabteilung der Flughafenpolizei. Zu ihren Pflichten gehörten vorwiegend Grenz – und Sicherheitspolitische Aufgaben am Airport. Er hätte dort bleiben können, aber er beschloss danach lieber eine Stelle bei der Verkehrspolizei anzutreten. Polizeiposten am Flughafen oder Protokollführer bei der Staatsanwaltschaft bedeuteten nur viel monotone Arbeit. Höchste Zeit also, sich zu spezialisieren, zum Beispiel bei der Kriminalpolizei. Eigentlich müsste er noch neun Monate bei der Verkehrspolizei absolvieren, aber die neue Kripochefin Paola Korb, bot ihm vor drei Wochen an, ab April bereits bei der Kripo mitzuarbeiten und erste Erfahrungen zusammeln. Hauptgrund war, die Pensionierung eines langjährigen Mitarbeiters und die Dienstunfähigkeit eines Kollegen, der bei einem Schusswechsel schwerverletzt wurde, und dieses Jahr bestimmt nicht mehr in den Dienst zurückkehren konnte. Sein Telefon am Schreibtisch klingelte. Auf dem Display sah er, dass es ein interner Anruf von seiner Chefin war, die einen Stock über ihm ihr Büro hatte. Erfreut nahm er ab, er mochte sie.

„Jetzt können Sie sich beweisen, Herr Sutter."

„Ab wann, Frau Korb?"

„Sofort. Kommen Sie die nächsten dreißig Minuten zu mir ins Büro hoch. Ich führe nur noch ein Telefonat."

„Mach ich, bis gleich."

Das Gebäude der Kantonspolizei und Kripo befand sich in zentraler Lage am Rathausplatz, in einem modernen Gebäude, in direkter Altstadtnähe an der Limmat.

Zwanzig Minuten später klopfte er an der Tür seiner Chefin.

„Kommen Sie rein", rief sie und er öffnete die Tür. Sie hatte noch den Hörer in der Hand, deutete ihm aber mit ihrer Hand an, auf dem Stuhl vor ihrem Schreibtisch Platz zunehmen. Er setzte sich und sah sich um: Mit einem Schreibtisch, dem Chefsessel dahinter, zwei Stühlen und einem Aktenschrank war es schlicht eingerichtet. An der Ecke vor dem Fenster stand noch ein kleiner Garderobenständer. Nachdem er sich schnell vergewissert hatte, dass sein privates Handy auf lautlos gestellt war, wartete er seelenruhig bis sie eine Minute später den Hörer auflegte.

Dann lächelte sie ihn an, und schob sich dabei einen Kaugummi in den Mund. Sie war die erste weibliche Leiterin der Kriminalpolizei in Zürich, seit es dieses Amt gab. Paola Korb war zuvor in Genf, der Stadt, die als Brennpunkt der

Großstädte in der Schweiz galt. Sie hatte sich in ihrer vierjährigen Dienstzeit dort sehr viel Respekt unter den männlichen Kollegen verschafft, und die anfänglich hohe Kriminalitätsrate drastisch gesenkt. Seit Jahresbeginn war sie nun in Zürich, da ihr Vorgänger Kurt Schwerdtfeger seinen Posten räumen musste, wegen schwerer Bestechungsvorwürfe, die sich einige Monate darauf auch bewahrheiteten. Anfänglich tat sie sich schwer, doch schon nach wenigen Wochen wurde sie von ihren Kollegen voll anerkannt. Allerdings hatte sie noch keinen außergewöhnlichen Fall gehabt, der deutete sich aber jetzt an. Auf den ersten Blick wirkte sie fast wie ein Modell mit Mitte dreißig, ihren durchtrainierten eins fünfundsiebzig, und ihrem hübschen Gesicht mit den braunen lockigen Haaren. Ihre Mähne hatte sie immer zu einem Zopf gebunden, und ihre schlanke Figur mit üppiger Oberweite steckte in einer schwarzen Hose, grünen Bluse und einem dunkelblauen Blazer.

„Herr Sutter, wie geht's Ihnen?", fragte sie.

„Gut, danke. Ich freu mich auf die kommenden Aufgaben hier bei der Kripo."

„Aber seien Sie ja nicht zu euphorisch, hier wird es wahrscheinlich noch viele grausame Momente geben, wo Sie vielleicht an ihre Grenzen kommen. Nicht nur körperlich, sondern auch psychisch. Normal wären Sie ja noch ein Jahr in „Phase 3" geblieben, aber durch unsere Ausfälle kommen Sie früher als erwartet zum Zug. Die Verbrechensrate in Zürich ist, Gott sei Dank, nicht so hoch wie in anderen Städten in der Schweiz. Sie werden also auch in dieser Abteilung viel am Schreibtisch sitzen. Und wenn Sie rausgehen, bitte nur mit gepflegtem Outfit, Krawatten sind

31

allerdings nicht nötig. Noch Fragen bisher?"

„Nein."

„Gut, dann kommen wir jetzt zu ihrem ersten Fall, wo Sie gleich „Mordluft" schnuppern können. Weil Sie noch Neuling sind, wird in den ersten Monaten meistens Otmar Tönz an Ihrer Seite sein."

Sutter zuckte zusammen. Ausgerechnet Tönz. Der hatte in der Abteilung die wenigsten Freunde, eigentlich gar keine. Die Einzige, die was von ihm hielt, war seine Chefin. Er ermittelte am liebsten allein, aber das mit großem Erfolg. Ein Mann für die schwierigen Fälle. Aber seine Chefin würde schon wissen was sie da tat, hoffte er zumindest. Tönz war vor anderthalb Jahren von der Kripo Genf versetzt worden, weil er sich mit mehreren Kollegen überworfen hatte, und den damaligen Staatsanwalt einen „inkompetenten Trottel" nannte. Hier trafen sich auch die Wege von Tönz und Korb, und die verstanden sich (anscheinend) prächtig. Was anfänglich fast alle Kollegen überraschte. Vermutlich war Paola Korb am allerwenigsten erstaunt, als Tönz ausgerechnet nach Zürich versetzt wurde. Manche munkelten, sie hätte bei der „Versetzung" ihre Finger im Spiel gehabt. Wie dem auch sei, es bereitete Sutter etwas Unbehagen, dass ausgerechnet er, Tönz unterstellt wurde.

„Welchen Fall bearbeite ich mit ihm?" fragte er.

„Gestern wurde in der Limmat die Leiche eines gewissen Rudi Schlatter entdeckt. Ein Spaziergänger, der jeden Tag dort mit seinem Hund Gassi geht, hat ihn in den frühen Morgenstunden entdeckt. Er wurde ans Ufer getrieben, und hat sich dort an einem Baumstamm verhakt. Der Spaziergänger, ein Walter Krüger, konnte ihn sofort identifizieren, weil er ihn dort schon häufig sah. Schlatter gilt seit knapp vier Jahren als Obdachlos und war sechsundsechzig Jahre alt."

„Ist er ertrunken?"

„Nein, sonst würden wir dem Fall keine so große Aufmerksamkeit widmen. Er wurde brutal erschlagen und dann ins Wasser geschmissen. Also eindeutig ein Fall für uns. Entweder Totschlag oder sogar Mord, dass gilt es zu klären. Tönz hat sich heute vor einer Stunde, die Leiche bereits in der Rechtsmedizin angesehen, alles andere als ein schöner Anblick."

„Wie wurde er erschlagen?"

„Regelrecht totgeprügelt. Die Kollegen im Institut gehen auch von zwei Tätern aus, da sie unterschiedliche Fußabdrücke am Körper und Gesicht ausmachen konnten. Einer trug vermutlich Springerstiefel, der andere Turnschuhe."

„Das ist ja grauenvoll. War es ein Raubüberfall?"

„Das müssen Sie und Herr Tönz herausfinden. Aber was wollen sie einem Obdachlosen klauen? Den Schlafsack? Diese Leute haben doch nichts. Entweder war er Ziel von stumpfsinnigen, brutalen Schlägern, oder es war ein gezielter und geplanter Mordversuch."

„Mord an einem Obdachlosen?"

„Tja, sieht so aus. So was soll`s geben, und jetzt sind wir dran. In einer Stunde treffen Sie sich mit Tönz, er sagt Ihnen dann wie ihr vorgeht. Auch wenn es „nur" ein Obdachloser war, möchte die Öffentlichkeit schnellstmöglich wissen, wer so eine grausame Tat begangen hat. Die Schläger müssen wir auf jeden Fall fassen, je schneller umso besser."

„Bekomme ich ein eigenes Büro?"

„So schnell bestimmt nicht. Erstens haben wir Platzmangel, und zweitens müssen sie sich erst beweisen. Sie sind vorerst nur „Anwärter", das heißt, Sie müssen erst mal lernen wie man in solchen Fällen vorgeht. Und bei Tönz sind sie in guten Händen."

„Ihr Wort in Gottes Ohr. Bei einigen hier, ist Herr Tönz ja alles andere als beliebt."

„Lassen Sie sich dadurch nicht irritieren, Sutter. Ich kenne Tönz jetzt schon einige Jährchen. Er ist zwar manchmal ein eigenwilliger und sturer Dickschädel mit gelegentlichen, gewöhnungsbedürftigen Methoden. Aber wenn er sich erst einmal in einen Fall verbeißt, klärt er ihn auch auf. Meistens zumindest. Wie gesagt: Der Mann für die heiklen Fälle, und so einen, haben wir jetzt anscheinend vor uns."

KAPITEL 4

12.00 Uhr, Kempten (Allgäu)

Als ich auf dem Weg zu meinem Wagen war, sah ich mir den zerknüllten Zettel an:

„*Truhe Gartenlaube*" stand darauf, und darunter „*CH-Arbon-Kreuzlingerstraße 11*". Ich nahm an, dass das die letzte Adresse von Pickert war. Aber zuerst musste ich meinen Chef anrufen, ob ich auch kurzfristig frei bekommen würde. Ich arbeitete seit zehn Jahren in einem Sportartikelgeschäft in Buchenberg. Mein Chef war drei Jahre älter als ich, und wir duzten uns gleich nach dem ersten kennenlernen. Das ist in der Sportartikelbranche so üblich. Außer uns beiden gab es noch eine Teilzeitkraft namens Birgit, und Pamela, eine 17-jährige Auszubildende aus Isny. Birgit, die Teilzeitkraft aus Kempten, war noch zwei Jahre länger als ich in dem Geschäft, und die ehemalige Freundin meines Chefs. Wir verstanden uns alle prächtig. Unser Boss, Jürgen Vögel, war äußerst kulant und unkompliziert. Da ich häufig in der Saison Überstunden machte, bekam ich auf der anderen Seite auch spontan frei, fast immer wenn ich es brauchte. Die Geschichte um Peter Kelly kannte er, schließlich war es im ganzen Allgäu, und auch weit darüberhinaus, oft Tagesgespräch gewesen. Jürgen wusste aber nicht, dass ich eng mit Kelly befreundet war, das hatte ich ihm nie erzählt. Was auch gut so war, denn die meisten Leute zogen bei der mörderischen Geschichte nämlich falsche Schlüsse, und ließen sich viel zu sehr von den Medien beinflussen.

Die Wintersaison war in Buchenberg und im Ortsteil Eschach, das auf 900 – bis 1000 Meter Seehöhe liegt, seit wenigen Tagen vorbei. Der kleine Skilift in Eschach lief zwar noch, aber die Loipen für die Langläufer waren weitestgehend nicht mehr nutzbar, da die Schneedecke zum Spuren zu dünn, und auch an einigen Stellen schon grün war. Das Sportgeschäft lief auch deshalb in der kleinen Gemeinde so gut, weil Jürgen einen exzellenten Kontakt zu einem halben Dutzend Sportvereinen in der Umgebung pflegte. So war er nicht nur auf den Tourismus angewiesen. Als ich ihn mittags anrief, ob ich sofort freihaben könnte, stimmt er ohne Zögern zu. Er war manchmal in ruhigeren Zeiten froh, die anderen beiden Frauen gut auslasten zu können, dann mussten sie nicht so viel putzen. Warum, weshalb und wohin ich auf einmal so spontan hinwollte, fragte er nicht. Er wusste, dass ich ihm das später im Geschäft erzählen würde, wie die letzten Jahre. Der Weg war also frei, die Mission konnte starten. Zeit nach Hause zufahren, um meine Sachen zu packen.

Als ich von den Besucherparkplätzen wegfuhr, setzte starker Regen ein. Das Thermometer in meinem Audi A3 zeigte sieben Grad Celsius an. Von der Terrasse der Klinik winkte mir Peter noch zu. Ich hob die Hand ans Fenster, und machte das „Siegerzeichen". Hoffentlich war es kein Fehler ihm so leichtfertig zuzusagen, für einen Trip, der für mich ins Ungewisse führte. Ich kannte weder die Schweizer Bodenseeseite, noch Zürich. Als ich die Stadt zuletzt sah, war ich noch ein Knirps mit vielleicht fünf Jahren. Meine Eltern nahmen mich damals mit, als sie eine Tagesfahrt mit einem Bus-Unternehmen aus Isny machten. Ich hatte aber kaum noch eine Erinnerung an den damaligen Trip. Ich wusste nur noch, dass wir damals eine kleine Bootsrundfahrt unternommen hatten.

Als ich die sieben Kilometer nach Buchenberg zurückgelegt hatte, sank die Temperatur auf vier Grad ab, und der Regen ging langsam in Schnee über. Das war häufig so, deshalb galt Buchenberg hier in der Region als „Schneeloch". Der Höhenunterschied zwischen Kempten und Buchenberg liegt bei knapp 250 Meter, zum Ortsteil Eschach noch weitere 100 Meter mehr, deshalb ist es dort meistens 3 - 4 Grad kälter als in der Allgäu-Metropole Kempten.

Als ich meine Wohnung betrat, schnappte ich mir meine Adidas-Sporttasche und packte sie mit den wichtigsten Dingen voll: Ein Paar Clogs, Badeschlappen, drei T-Shirts, zwei Hemden, eine knielange Sporthose und meine alte Lederjacke. Jeans, Softshelljacke und robuste Hikingschuhe zog ich sofort an. Dazu noch das übliche, wie Waschzeug und Rasierapparat. Damit ich nicht so viel Gepäck mitnehmen musste, entschied ich mich dafür, ein Paar Halbschuhe in der Schweiz zukaufen. Aber auch nur dann, wenn in Peters Geldversteck das „Taschengeld" großzügig genug ausfiel, wovon ich ausging. Er war allgemein ein großzügiger Mensch. Zudem verdiente er bis vor wenigen Monaten noch unheimlich viel Kohle mit seinen Büchern. Er musste einen kleinen Teil davon auf jeden Fall sehr gut versteckt haben. Soviel ich wusste, hatte die Polizei nach seiner Verhaftung sein Anwesen akribisch nach allem Möglichen durchsucht.

Ich besprach meinen Anrufbeantworter, sperrte die Wohnung ab und lief zum Auto. Meine winterharten Pflanzen brauchten kaum Flüssigkeit zum überleben, zumal ich auch nur drei hatte. Ich wollte auf keinen Fall meine Nachbarn darum bitten nach meiner Wohnung zusehen, und meine Eltern wohnten in Schongau viel zu weit weg. Ich würde sie von meinem Trip auch nicht in Kenntniss setzen, sonst würden sie sich nur unnötig Sorgen machen, und anlügen wollte ich sie auch nicht. Außer Peter wusste demzufolge niemand, wo ich mich in den nächsten Tagen aufhalten würde, hoffentlich war das kein Fehler.

Als ich den Gurt im Auto anlegte, überprüfte ich noch einmal, ob ich Geldbeutel, EC-Karte und Reisepass im Handschuhfach hatte, dann düste ich los. Nach Burkwang zu seinem Anwesen brauchte ich keine Viertelstunde, es lag nur fünfzehn Kilometer von Buchenberg entfernt. Eigentlich hieß der Ortsteil korrekt „Kleinhaslach", wo Burkwang liegt. Der kleine Weiler hat sieben Häuser, darunter drei Bauernhöfe. Beliebt und bekannt ist die Ecke aufgrund eines schönen Baggersees, und des alljährlich stattfindenden Theaterfestivals. Außer diesen „Attraktionen" gab es nichts besonderes, außer viel Wald, Wiesen und die „Argen", die später in den Bodensee mündet. Also Idylle pur, sollte man meinen, aber vor kurzer Zeit herrschte hier noch das blanke Entsetzen, über das was sich dort alles abspielte. Kaum zu glauben, dass sich hier vor wenigen Monaten noch bestialische Morde ereignet hatten. Das hatte für Schlagzeilen nicht nur in Deutschland, sondern auch auf der ganzen Welt gesorgt.

Seitdem galt die beschauliche Ecke, als der „Ort des Grauens". Auch bei den wenigen Nachbarn war seitdem nichts mehr so, wie es früher einmal war. Immer wieder mussten sie lästigen Fotografen und Kamerateams aus der ganzen Welt, Rede und Antwort stehen, warum sie nicht gemerkt hatten, dass sich solch eine „Bestie" jahrelang in ihrer Nähe aufhielt. Als ich Peter zum ersten Mal aufsuchte als er in der Untersuchungshaft war, kurz vor seinem Klinikaufenthalt, konnte sein Anwalt erwirken, dass ich einen Schlüssel für sein Haus bekam. Seine Nachbarn wollten nichts mehr mit ihm zutun haben. Seine Frau war seit vielen Jahren tot, und seine Eltern in Biberach mit seiner Tochter viel zu weit weg. Also blieb ich als Einziger übrig, der sich um sein ehemaliges Anwesen noch kümmerte. Peter war noch immer in dem unerschütterlichen Glauben, dass der wahre Mörder gefunden wurde, und er in Kürze wieder in seinem geliebten Haus wohnen konnte. Und ich musste jetzt meinen Teil dazu beitragen, dass sein Traum wieder in Erfüllung ging.

Ich erreichte bei leichtem Nieselregen das Holzhaus gegen vierzehn Uhr am Nachmittag. Wie erwartet war weit und breit keine Menschenseele zusehen, als ich unmittelbar vor dem Eingang parkte. Vermutlich wurde das Haus irgendwann vor dem zweiten Weltkrieg gebaut und stand dann vor Kellys Einzug einige Jahre leer, deshalb vergammelte es. Er und seine Frau machten daraus aber wieder ein schickes Anwesen, das sich wohlwollend von den vergilbten Holzhäusern in der ganzen Umgebung unterschied. Fünfzig Meter westlich von Peters Anwesen, sah ich Licht bei seinen einzigen Nachbarn, die hier in unmittelbarer Nähe wohnten. Alle anderen (es waren nur fünf) lagen schon über hundert Meter von seinem Haus entfernt, deshalb hatte er dort kaum Kontakte gehabt. Ich wusste, dass seine direkten Nachbarn Stadler hießen, hatte sie aber nur wenige Male bei meinen Besuchen gesehen. Wahrscheinlich hielten sie mich nach den schockierenden Vorfällen der letzten Monate, bestimmt für Peters Komplizen. Vor der Eingangstür hatten sich schon einige Pfützen gebildet. Ich schloss auf und mich überfiel ein merkwürdiges Gefühl, als ich das Haus betrat. Es war eine stille, fast unheimliche Atmosphäre, sodass ich schon meinen leichten Atem Hören konnte. Ich sah mich kurz um und drückte dann auf den Lichtschalter.

Nichts. Hätte ich mir ja denken können. Schließlich wurde nach den umfangreichen Durchsuchungen kurze Zeit später der Strom abgestellt, schließlich gab es ja keine Bewohner mehr. Vermutlich waren die Rechnungen auch seitdem nicht mehr beglichen worden, und es war bestimmt unabsehbar wann hier jemals überhaupt wieder jemand einzog. Vielleicht nie mehr, „Geisterhäuser" standen oft ewig leer.

Da es noch nicht dunkel war, reichte mir das Tageslicht durch die Fenster aus, um was erkennen zu können. Außerdem hatte ich ja noch eine integrierte Taschenlampe in meinem Handy, das sollte eigentlich ausreichen. Ich wusste, dass die Truhe die Peter meinte, in der Gartenlaube hinter dem Haus stand. Man konnte um das Haus laufen, oder durch den Hintereingang durchgehen, um in den Garten zu gelangen. Ich lief durch den Flur und sah mich kurz um, ob sich seit meinem letzten Besuch vor zwei Wochen irgendetwas verändert hatte. Außer mir hatte nur noch Peters Anwalt einen Schlüssel für das Anwesen. Selbst seine Eltern weigerten sich, jemals wieder einen Fuß auf das Grundstück zusetzen. Offiziell galt seit Peters Festnahme, ein Betretungsverbot, deshalb befand sich auch am Türeingang ein

Hinweis mit einem Schild. Versiegelt war aber nichts mehr, da die Spurensicherer längst ihre Arbeit getan hatten. Die Gartenlaube diente Peter vorwiegend als Werkzeugkammer und als Rückzugsraum zum Schreiben. Drei – bis viermal im Jahr hatte er draußen ein kleines Grillfest veranstaltet, und auch die Stadlers nebenan dazu eingeladen. Manchmal saß er nur alleine vor seinem Gartenhäuschen und hing seinen Gedanken nach, vielleicht ist dort auch sein Bestseller-Roman entstanden. Ich betrat die unversperrte Laube und sah in dämmrigem Licht die beige Eichentruhe an der Wand stehen. Sonst waren nur drei Gartenstühle, ein Rasenmäher, Tisch, Schraubenzieher, Spachtel, Heckenschere und ein paar Gummistiefel in dem zwölf Quadratmeter großen Raum. Ich lupfte den Deckel der Truhe hoch und sah hinein. Es lag ein Ladegerät für die Heckenschere, zwei Paar Arbeitshandschuhe und eine kleine Schaufel darin.

Sonst nichts.

Hatte er sich vielleicht geirrt? Vielleicht wusste er gar nicht mehr, wo er das Geld versteckt hatte?

Plötzlich zuckte ich zusammen.

Die Tür knarrte. Draußen blies ein leichter Wind und es nieselte immer noch. Wahrscheinlich hatte ich nur nicht richtig zugemacht, kein Mensch war zusehen am Eingang. Erstmals kamen mir leichte Zweifel, ob ich für den „Auftrag" auch die notwendige Nervenstärke hatte. Womöglich war ich doch nicht so cool, wie ich mir immer einbildete. Ein Gefühl der Beklemmung beschlich mich, und ich überlegte ernsthaft, ob ich Peter dieses Gefallen überhaupt tun sollte.

„Verdammte Kacke, reiß dich zusammen!", murmelte ich in meinen nicht vorhandenen Bart. Wieder dachte ich an unser Bergerlebnis vor vielen Jahren, als Peter todesmutig meine Hand packte und mich vor dem drohenden Abgrund rettete. Nein, ich musste die Sache jetzt durchziehen, ich war seine letzte Hoffnung.

Ich wühlte mit meiner Hand in der Truhe, ob ich vielleicht irgendeinen Hohlraum ertasten konnte, der dem Auge verborgen blieb. Sekundenlang konnte ich spüren, wie dünne Beine eilig über meine Hand trippelten. Gut, das ich keinen Ekel vor Spinnen empfand.

Dann zuckte ich wie bei einem Stromschlag zusammen, etwas strich über meinen Fuß! Ruckartig riss ich den Kopf in die Höhe, und schlug mir dabei meinen Schädel am Deckel der Truhe an. Der schwere Truhendeckel fiel nach unten, und hätte mir beinahe noch die Hand zerschmettert. Nur durch einen blitzschnellen Reflex brachte ich meine Hand in Sicherheit, bevor der Deckel auf die Truhe krachte.

Dann sah ich das Übel: Eine getigerte Katze hatte sich in den Raum geschlichen, als sich die Tür durch den Windstoß öffnete. Sie miaute und sah mich mit ihren grünen Augen an, als ich mit meiner Hand die Beule am Kopf ertastete.

„Verdammtes Luder", schrie ich und jagte sie davon. Dann hob ich den schweren Deckel ein zweites Mal an, und kippte ihn so weit nach hinten, dass er mir nicht mehr in die Quere kam. Erneut tastete ich jeden Zentimeter der Truhe ab, auf der verzweifelten Suche nach einem Hohlraum oder ähnlichem.

Nichts, verdammte Kacke.

Dann kam mir eine neue Idee: Ich hob die Truhe an und rückte sie dreißig Zentimeter zur Seite. Sie stand auf einem Bretterboden aus Buchenholz. Vermutlich hatte Peter die Gartenlaube selber gezimmert, er hatte für so was wirklich ein erstaunlich handwerkliches Geschick. Mit meinen Fingernägeln kam ich nicht zwischen die einzelnen Holzlatten, und sah mich nach geeignetem Werkzeug um.

Der Schraubenzieher.

Vielleicht kam ich mit ihm zwischen die Ritzen der Holzlatten. Ich nahm ihn und quetschte die Spitze mit brachialer Gewalt zwischen den winzigen Spalt. Gott sei Dank, es klappte. Ich kam durch die Ritze und konnte jetzt ein Brett anheben. Ich schob die Truhe noch weiter zur Seite, um das Brett vollends anheben zukönnen. Ich hatte jetzt eine achtzig Zentimeter lange und zehn Zentimeter breite Latte in den Händen, und legte sie neben mir zur Seite. Jetzt gelang es mir ganz leicht, das zweite Brett daneben hochzuheben. Alle anderen waren vernagelt. Aber jetzt hatte ich Platz genug, um meinen langen Arm in das Loch zustecken. Ein ideales Versteck, jetzt sollte nur noch was drin sein. Der Hohlraum unter den Brettern hatte ungefähr eine Tiefe von zehn – bis zwölf Zentimetern. Beim zweiten Versuch gelang es mir sogar, meinen ganzen Ellenbogen komplett hineinzustecken um darin herumzuwühlen.

Da! Ich spürte was. Papier.

Ich zog eine verstaubte Zeitung hervor. Eine zusammengerollte „Schwäbische Zeitung", vom 17. Dezember 2015. Sie war umspannt mit einem kräftigen Gummi. Ich nahm den Gummi ab und machte die Zeitung auf. Dann bekam ich das zusehen, weshalb ich eigentlich hier war: Zwei kleine Päck-chen Geldbündel purzelten heraus! Zwei Bündel mit lauter großen Scheinen, das fühlte ich sofort, schließlich muss ich jeden Tag meine Kundschaft abkassieren. Ein Glücksgefühl durchströmte mich, Peter hatte doch nicht fantasiert. Ich wusste doch, dass ich mich auf meinen Kumpel verlassen kann.

Immer noch auf den Knien machte ich die Bündel auf, und bekam ganz große Augen: Wie erwartet, lauter Tausender-Scheine. Eins, zwei, drei ……., bei insgesamt zweiunddreißig war ich fertig mit zählen.

32 000 Euro sollten für einen Aufenthalt in der teuren Schweiz reichen, zumindest für einige Tage. Damit konnte ich mir sogar mal einen noblen Nightclub leisten. Zufrieden steckte ich das Geld in die Innentasche meiner Softshell-jacke. Dann schnappte ich mir wieder die zwei Bretter und steckte die Latten wieder auf die leeren Spalten. Auf allen vieren kriechend, schob ich die Truhe wieder über die Fundstelle. Dann stützte ich mich mit einer Hand ab, um hochzukommen. Meine Kniescheiben schmerzten langsam von dem harten Boden.

Es blieb bei dem Versuch. Wie gelähmt verharrte ich am Boden auf meinen Kniescheiben. Ich verspürte etwas ver-dammt Unangenehmes am Hinterkopf.

Es war ein harter und spitziger Gegenstand.

Mir gefror das Blut in den Adern. Schweißperlen traten mir trotz der Kühle auf die Stirn. Ein Einbrecher?

Ich glaubte zu wissen welche Waffe es war, obwohl mir es

noch nie im Leben jemand an den Kopf gedrückt hatte. Oder doch, als Kind, als ich mal bei Christian auf dem Bauernhof spielte.

Drei spitze lange Zacken!

Eine Heugabel würde ich spontan wetten. Ich blieb unbeweglich auf den Knien, und trotz der Kälte kochte mir langsam das Arschwasser, als eine eiskalte Stimme erklang:

„Schön unten bleiben, Jungchen. Du willst doch nicht etwa, dass ich deinen Schädel aufspieße und über den Grillrost hänge?!"

KAPITEL 5

Zur selben Zeit in Zürich

Rene Sutter und Konrad Tönz fuhren nachmittags in die Gerichtsmedizin, wo der Leichnam von Rudi Schlatter lag.

„Haben Sie schon mal eine wirklich übel zugerichtete Leiche gesehen, Sutter?", fragte Tönz.

„Äh….ja, sicher. Bei einigen Verkehrsunfällen, wo sogar manche Fahrer aus dem Wrack herausgeschnitten werden mussten. Kein schöner Anblick."

„Das hier ist nochmal eine Stufe höher. Leute, die ermordet, bestialisch abgeschlachtet, totgeprügelt, und absichtlich von Menschen so zugerichtet wurden. Der Mensch ist oft schlimmer als ein Raubtier in der Wildnis."

Das Institut für Rechtsmedizin befand sich im Westen der Stadt, in einem früheren Gewerbegebiet. Anders als bei der riesigen Uniklinik, die weit über tausend Leute beschäftigte, waren hier nur neun Mitarbeiter tätig. In dem modernen Komplex befand sich im gleichen Stockwerk noch ein Pharmaunternehmen, sowie einen Stock darüber eine Gemeinschaftspraxis mit drei Internisten. Im Untergeschoss plante eine Physiotherapiepraxis eine Neueröffnung, die Räume wurden gerade eingerichtet. Zürich-West war früher die Hochburg des Schiffbaus und der Gießerei. Über das ganze Areal verteilt, entstanden im Laufe der letzten zwanzig Jahre viele neue Gebäude in dem aufstrebenden Stadtteil. Wo früher die historische Gießereihalle stand, wurde vor über zehn Jahren damit begonnen, ein modernes Viertel zu erschaffen. Der Komplex, der mit dem Namen „Puls 5" bezeichnet wurde, beherbergte heute neben mehreren Geschäften, Büros und Restaurants, auch ein futuristisches Fitness-Center und über hundert neue Eigentumswohnungen.

Tönz und Sutter parkten mit ihrem 5er BMW bei den Patientenplätzen, und betraten das moderne Gebäude. Das Institut im Erdgeschoss konnte nur mit sogenannten „Key-Cards" der angestellten Mitarbeiter geöffnet werden. Da die Polizisten auch häufig mit anderen Zeugen zur Obduktion der Leichen hierherkamen, wurden fünf Karten bei der Leiterin der Kripo hinterlegt, die sie dann je nach Bedarf verteilte.

„Grüezi mitanand", grüßte sie ein kahlköpfiger Mann, Ende fünfzig mit leicht untersetzter Figur, knapp eins achtzig.

„Grüezi Doc", antwortete Tönz, und gab ihm die Hand. „Das hier ist der neue Kollege Sutter, der zukünftig unser Team verstärken wird. Und das hier ist Doktor Lochbrunner, der Leiter des Instituts."

Sie gaben sich die Hand. „So, Sie wollen sich also auch die nächsten Jahre mit Alpträumen quälen, Herr Sutter? Ich hoffe, Sie haben starke Nerven für diesen Job?"

„Das wird sich zeigen. Wo liegt Schlatter?"

„Folgen Sie mir, meine Herren." Sie liefen in einen großen Raum, wo mehrere Metallsärge wie in einem riesigen Kühlschrank in der Wand steckten. Drei Liegen standen am Fenster, die auf den ersten Blick wie übergroße Massage-

47

bänke wirkten. Die mittlere war belegt, und die Person die darauf lag, war mit einem großen weißen Laken bedeckt. Doktor Lochbrunner stellte sich ans Fußende der Liege, und Tönz und Sutter standen in der Mitte rechts.

Bevor er das Laken nach unten zog, sagte Lochbrunner: „Rudi Schlatter, sechsundsechzig. Eins achtundsiebzig, dreiundachtzig Kilo. Leber geschädigt, vermutlich vom Alkohol. Lunge zeigt typische Nikotin – und Teerablagerungen eines starken Rauchers. Gelenkentzündungen an den Händen und der rechten Hüfte. Beginnender grauer Star an beiden Augen. Das war der Status vor der Gewaltorgie. Jetzt nach Begutachtung der Einlieferung."

Er zog das Laken nach unten, und die beiden Polizisten sahen die nackte Leiche, die vor allem am Kopf kaum mehr zu erkennen war. Sutter musste sich zusammenreißen, dass ihm nicht schlecht wurde. Lochbrunner nahm einen Stab in die rechte Hand wie ein Dirigent, und zeigte zuerst auf den Kopf der Leiche damit.

„Rechtes Auge fehlt, ziemlich sicher durch eine Stiefelspitze. Nase und Jochbein gebrochen, sieben Zähne durch die Schläge und Tritte verloren. Die rechte Augenbraue ist geplatzt, genauso wie die Oberlippe. Platzwunde seitlich am Kopf durch Faustschläge sowie Wangenknochen zertrümmert. Alle genannten Dinge sind ausschließlich auf Faustschläge und Fußtritte zurückzuführen. Kommen wir nun zum Rest des Körpers; Zwei Rippen und Schultergelenk gebrochen. Der Hoden ist aufgerissen, ebenfalls durch Tritte mit der Stiefelspitze. Weitere Hämatome am Magen, Hintern und in der Nierengegend." Er hielt inne.

„Mein Gott, dass müssen ja die übelsten Schläger gewesen sein", sagte Sutter mit flauem Gefühl im Magen.

„Ich sagte Ihnen ja, Sie werden sich an solche Anblicke gewöhnen müssen", antwortete Tönz. „Einmal hatte ich einen Fall, da hat der Täter die Leiche vollständig aufgeschlitzt, die ganzen Eingeweide herausgenommen und daheim im Kühlschrank aufgehoben. Manche der Irren zersägen und zerhacken die Leichen. Das hier zeigt nur, dass die Schläger primitiv waren. Aber es war eine eindeutige Tötungsabsicht vorhanden, da sie die Leiche noch in den Fluss warfen. War Schlatter schon tot bevor er im Wasser landete, Doktor?"

„Ich befürchte nicht. Das kalte Wasser hat ihm aber den Rest gegeben. Aber vielleicht könnte man tröstlich sagen, er hat das „Ertrinken" nicht mehr mitbekommen, da er mit Sicherheit schon vorher bewusstlos war. Das eiskalte Wasser hat dann sein Herz endgültig zum Stillstand gebracht. Sei`s, wie`s will. So was verdient niemand. Ich hoffe, ihr findet diese ekelhaften Dreckskerle."

„Machen wir, Doktor", meinte Tönz. „Bei Schlägern liegt die Aufklärungsquote bei neunzig Prozent. Wie groß sind die Schuhe der beiden?"

„Der Größere hatte Schuhgröße 45, vermutlich Springerstiefel. Der Kleinere Schuhgröße 41, wahrscheinlich Sport - oder Freizeitschuhe mit leichtem Profil."

„Der? Sie glauben also an zwei Männer?", fragte Sutter.

„Ja, mit Sicherheit. Frauen sind in der Regel nicht so gewalttätig und primitiv. Sie verüben Morde mit mehr List und Tücke. Aber auch hier gibt's Ausnahmen. Vor sieben Jahren hatte ich die Leiche hier von Konstantin Frey. Seine Tochter, die er jahrelang missbrauchte, hat ihm während des Schlafens mit dem Hammer den Schädel eingeschlagen. Aber so, dass von dem Kopf nur noch blutiger Brei und Masse übrigblieb. Selbst das Gehirn konnte man nicht mehr erkennen. Aber das sind wie gesagt, die berühmten Ausnahmen." Er deckte die Leiche wieder zu.

Tönz kratzte sich am unrasierten Kinn. „Todeszeitpunkt?"

„Etwa gegen Mitternacht, maximal eine Stunde davor oder danach."

„Okay Doc, dass reicht vorerst. Wenn Ihnen noch was auffällt, was von Bedeutung für uns sein könnte, lassen Sie `s uns wissen."

„Mach ich."

Dann verließen sie das Institut. Draußen am Fahrzeug fragte Sutter: „Wie verfahren wir weiter?"

„Ich setze Sie in der Nähe des Tatort ab. Dort klappern Sie die nächstgelegenen Anwohner ab, und fragen, ob Sie was gehört oder gesehen haben. Sind dort zwei Typen jemals aufgefallen? Trieb sich Schlatter dort mit anderen rum? Ich werde derweil überprüfen wie es um Angehörige steht, und ob zwei Männer mit ähnlichen Schlägereien bei uns aktenkundig sind. Wir treffen uns dann morgen um acht Uhr wieder im Büro."

KAPITEL 6

Burkwang bei Isny (Allgäu)

Mein Kopf war rot wie eine Tomate und mein Blutdruck bewegte sich bestimmt in bedenklichen Höhen. Meine Knie schmerzten immer stärker von dem elenden Holzboden, und jetzt hatte ich auch noch diese verdammte Mistgabel im Nacken. „Kann ich aufstehen?", stammelte ich.

„Okay, ganz langsam. Verschränk zuerst die Hände hinter dem Nacken und komm ganz langsam hoch."

Ich tat wie befohlen und quälte mich ächzend hoch. Als ich stand, versuchte ich mich langsam in Richung der Stimme zu drehen. Ich wollte schließlich wissen, mit welchem Schnarcher ich es hier zutun hatte. Mit Sicherheit kein jüngerer Typ, eher ein alter Sack. Pardon, älterer Mann.

„Nur den Kopf drehen, nicht den Körper!", befahl der Mann mit der alten Stimme.

Gar nicht so einfach. Vor allem, wenn sich der Typ in deinem Rücken befindet. Ich drehte meinen Kopf und machte trotzdem noch eine leichte Hüftdrehung. Dann sah ich ihn von der Seite: Ein alter Mann um die siebzig, vielleicht auch fünfundsiebzig, mit weißgrauem schütteren Haar. Er war fast einen Kopf kleiner als ich, und sah mich finster an. Es war der Nachbar von gegenüber, ich hatte ihn mehr als einmal gesehen. Er mich hoffentlich auch, aber vielleicht war er schon etwas dement? Aber was noch grotesker war als sein Aussehen, war das, was er krampfhaft in beiden

51

Händen hielt. Einen langen Stiel, mit drei großen leicht gebogenen Spitzen, allgemein bekannt als Mistgabel, die er immer noch vor meinen Hals hielt.

Kennen Sie mich nicht?", fragte ich. „Ich bin ein Freund von Peter Kelly."

„Na, dann kannst ja nichts Gescheites sein", antwortete er. „Was willst du hier?"

„Er braucht einige Dinge, die ich ihm in die Klinik bringen soll."

„Ach nein, und die suchst du hier in der Gartenlaube?"

„Ja. Er meinte, hier wären die Sachen bestimmt."

„So, was denn für Sachen? Spaten? Rasenmäher?"

„Quatsch. Eine Uhr und ein Handy befindet sich hier", log ich. „danach hab ich gesucht."

„Hör zu, Freundchen. Seit ihn die Polizei hier geholt hat, haben sich schon viele hier rumgetrieben. Reporter, Landstreicher, Zeitungsfritzen und sonstiges Gesindel. Wir wollen hier endlich unsere Ruhe."

Er hatte seine „Waffe" in den Händen etwas gedreht, und die Spitzen der Gabel zeigten jetzt auf meine Augen. Wobei ich glaubte, dass ich mit ihm fertigwerden würde. Aber so kurz vor meiner Abfahrt wollte ich jetzt nichts riskieren, manchmal täuscht man sich auch in den alten Leuten. Ich versuchte es auf die sanfte Tour.

„Wollen Sie nicht endlich die verdammte Gabel runternehmen? Ich suche hier noch zehn Minuten, dann verschwinde ich." Dann nahm ich meine Hände runter.

52

„Okay, ich glaube dir. Deine Visage hab ich hier schon mal gesehen. Ich warte noch maximal eine Viertelstunde, dann ruf ich die Polizei." Dann drehte er sich um und ging in Richtung seines Hofes.

Ich wischte mir mit dem Handrücken den Schweiß von der Stirn, setzte mich auf die Truhe und rieb meine schmerzenden Knie. Mein Glück, das er nicht fünf Minuten früher gekommen war, sonst hätte er mich womöglich beim Geldzählen erwischt und hätte noch welches für sich beansprucht. Und eine Schlägerei könnte ich hier nun wirklich nicht gebrauchen. Ich griff zu meinem Samsung und suchte über Google; „Hotels in Arbon". Warum Peter das Geld hier versteckt hatte, war jetzt vorerst unwichtig. Vielleicht ein Notgroschen für schlechte Zeiten, in denen er sich jetzt Zweifelsohne befand. Wenn ich daran dachte wie er noch vor wenigen Monaten im Geld schwamm: Jeden Tag gingen damals tausende seiner Bücher über den Ladentisch. Sein Vermögen wurde zum Jahresende auf sechs – bis sieben Millionen geschätzt. Pro Buch bekam er elf Prozent, und vor Weihnachten wurden laut Auskunft seines Verlages, über achthunderttausend verkauft, pro Woche. Weltweit. Es gab sogar schon eine Anfrage von Tom Cruise, der die Filmrechte erwerben wollte. Und jetzt wurden seine Anklage und Prozess vorbereitet. Drei Minuten später verließ ich die Gartenlaube, saß mich ins Auto, und schrieb drei Hotels von meinem Display ab. Beim wegfahren sah ich, das der Alte mich vom Fenster seines Hauses aus beobachtete. Meine Augen waren Messerscharf, und ich erkannte, dass er ein Telefon am Ohr hatte und sprach.

KAPITEL 7

Eine Stunde später, gegen 18.00 Uhr

Während ich mich noch auf deutscher Seite befand, hatte ich zwei Hotels in Arbon kontaktiert. Eines öffnete erst kurz vor Pfingsten wieder und hatte Betriebsferien, beim anderen, dem Bahnhof-Hotel, hatte ich Glück.

Mein Navi auf dem Handy zeigte mir an, dass ich in fünfundsiebzig Minuten in Arbon sein müsste, von Lindau aus berechnet. Ich schaltete das Autoradio ein um mich berieseln zulassen, und hörte gebannt zu, wie soeben eine Nachrichtensprecherin des lokalen Bodensee-Rundfunks ein Unglück verkündete.

„Schweizer Fähre auf dem Bodensee in Seenot geraten", berichtete sie. Während eines Sturms vor einer Stunde war die Fähre „Euregio", wegen eines Motorschadens in ziemliche Schwierigkeiten geraten. Auf halber Strecke zwischen Friedrichshafen und Romanshorn war eine der beiden Antriebswellen ausgefallen. Im weiteren Verlauf war das Schiff nicht mehr manövrierfähig. Lebensgefahr habe für die Passagiere aber nicht bestanden, sagte ein Sprecher der Schifffahrt-Gesellschaft. Allerdings seien viele Passagiere seekrank geworden.

„Hören diese Idioten eigentlich keinen Wetterbericht bevor sie starten?", murmelte ich vor mich hin, und schaltete um auf Musik. Schließlich war das Wetter schon den ganzen Tag beschissen, wer kommt da auf die Idee einer Bootsfahrt? Dann fiel mir ein, dass es ja eine Fähre war, und die

Verbindungen wurden bei fast jedem Wetter gefahren, außer bei Blitz, Donner, Orkanstärken und Meterhohen Wellen. Das Wetter war anscheinend noch nicht kritsch genug um solche Fährüberfahrten abzusagen.

Bisher begann der Frühling eher beschissen, und es wurde höchste Zeit das endlich ein Hochdruckgebiet die düsteren Wolken vertreiben würde. Während der Fahrt beschloss ich, morgen einen kurzen Abstecher nach Konstanz zu machen um das „Sealife" zu besuchen. Da war es dann ziemlich egal wie das Wetter war. Um 19.02 Uhr zeigte mein Navi an, dass ich in elf Minuten am Hotel sein müsste, doch ich stand bereits acht Minuten später auf dem Gäste-Parkplatz. Bis 21 Uhr war die Rezeption besetzt, also noch Zeit genug vor dem Einchecken einen kleinen Spaziergang zumachen. Nicht prickelnd und alles andere als romantisch bei Nieselregen, aber bei meinem Vorhaben spielte das keine Rolle.

KAPITEL 8

Zeitgleich in Zürich

Isabelle Werthmann räumte die Bücher in die Regale zurück, die stapelweise auf den großen Sofaecken lagen. Jeden Abend das gleiche. Viele Besucher und Leseratten die zahlreich ins „Bücherparadies" strömten, aber höchstens zehn Prozent, die das Gelesene auch anschließend kauften. Viele kamen nur aus Langeweile und Neugier und kauften dann doch bei Amazon. Manche gingen nur in die Cafeteria und verkleckerten dann das Buch, bevor sie es zurückstellten. Aber was machte man nicht alles, um die Leute von den Online-Shops hierher in die Realität zu locken. Auf vier Etagen hatte die riesige Buchhandlung alles was der Kunde wollte, und falls nicht, wurde es bestellt. Trotzdem verloren auch die großen Buchhandelsketten immer mehr Kundschaft, egal was sie machten. Aber Isabelle tangierte das alles nicht mehr, in einigen Monaten war für sie die Tätigkeit beendet. Sie war jetzt vierundsechzig und Ende August war Schluss. Dann würde sie auf Reisen gehen, und versuchen das (hoffentlich) letzte Drittel ihres Lebens noch angenehm und gesund zu gestalten. Auch ohne Mann, der sich vor drei Jahren eine zwanzig Jahre Jüngere geangelt hatte. Seitdem hatte sie die Schnauze voll von Männern, und überlegte sich einen Hund anzuschaffen.

Als sie das letzte Buch ins Regal gesteckt hatte, ging sie noch in die Mitarbeiter-Küche, trank einen Schluck Wasser und holte ihren Mantel. Dann verließ sie das Gebäude über den Personaleingang, während die Filialleiterin hinter ihr zusperrte. In den letzten zwölf Monaten ihrer Beschäftigung wurde sie noch von vierzig auf dreißig Stunden wöchentlich „degradiert", angeblich um jüngeren Buchhändlern eine Chance auf einen Arbeitsplatz zu geben. Wie heuchlerisch für fünfunddreißig Jahre Arbeit bei dem gleichen Arbeitgeber. Jetzt musste sie noch mehr knausern, allein schon ihre Dreizimmerwohnung kostete fast neunhundert Franken im Monat, ohne Nebenkosten. Gut, dass sie vor ein paar Jahren noch eine kleine Nebenerwerbsquelle entdeckt hatte.

Sie lief Richtung Bahnhof wie seit vielen Jahren. Zu ihrem Wohnort Erlenbach, fünf Kilometer vom Zentrum entfernt, fuhr in regelmäßigen Abständen eine U-Bahn. Seit der Trennung von ihrem Mann, fuhr sie ausschließlich nur noch mit öffentlichen Verkehrsmitteln, ein eigenes Auto war ihr zu kostspielig. Man brauchte auch nicht unbedingt eines in der Stadt, das Verkehrsnetz war exzellent, die Schweizer sind berühmt dafür.Nur die zunehmende Zahl von Pennern und Kriminellen machte ihr manchmal zu schaffen. Immer häufiger wurde sie in den Bahnhofs-Gegenden angebettelt, von allen möglichen Leuten, vom Junkie bis zum Asylanten. Alle wollten nur eines. Geld.

Noch siebzehn Minuten bis zur Abfahrt ihres Zuges um 21.02 Uhr. Noch Zeit genug für einen kleinen Toilettengang. Den machte sie selten auf den öffentlichen Toiletten, die waren ihr zu versifft und unheimlich. Seit einigen Monaten holte sie sich immer noch ein paar Kleinigkeiten in einem Backshop, danach benutzte sie häufig die dortige Kundentoilette. Auch heute. Es war ruhig in dem Shop, als sie nach dem bezahlen das WC aufsuchte. Es gab nur zwei

Toiletten, je eine für Männer und Frauen, wobei dies nicht auf den Ka-binen stand, deshalb nutzte jeder was gerade frei war. Sie drückte bei der ersten Kabine. Frei. Sie trat ein.

Sie hängte ihren Mantel am Türhaken auf und saß sich auf die Klobrille. Wenige Sekunden später hörte sie, dass auch die Kabine daneben betreten wurde. Als sie nach zwei Minuten fertig war, drückte sie auf die Klospülung, zog ihren Mantel wieder an und öffnete die Tür. Das einzige gemeinsame Waschbecken befand sich auf dem schmalen Gang, kurz vor dem Eingang der wieder zum Shop führte. Als sie den Wasserhahn auftrete, öffnete sich auch die zweite Kabine. Eine Frau, ungefähr eins siebzig, mit Wollmütze kam heraus. Ihr Antlitz war kaum zu erkennen, da eine übergroße Sonnenbrille nicht nur ihre Augen, sondern auch fast die Hälfte des Gesichts bedeckte. Hastig drehte Isabelle Werthmann den Wasserhahn wieder zu.

Irgendetwas Unheimliches ging von dieser Frau aus. Mit dem rechten Augenwinkel sah sie auf einmal was glänzendes in der rechten Hand der Frau. Es war eine Schere, nein, *mein Gott*, *ein Messer!*, dachte sie. Irritiert überfiel Isabelle Werthmann eine Panikattacke und sie war wie gelähmt.

Ihr Verhängnis.

Mit einem blitzschnellen Schritt war die Frau bei ihr, packte sie an den Haaren und bog ihren Kopf nach hinten. Mit einer fast schon geschmeidigen Bewegung strich die andere Hand mit dem Messer über ihre Kehle. Der Versuch einen Schrei auszustoßen endete in einem Gurgeln, als ein dünner Strahl Blut in die Luft spritzte. Reflexartig hielt sie sich die Hände an den Hals, um den fünf Zentimeter langen

Schnitt zu „stopfen". Voller Panik machte sie noch einige unkontrollierbare Zuckungen. Die Frau drehte sie beinahe spielerisch um und stieß die Klinge ein zweites Mal zu, diesmal in die Herzgegend. Dann packte sie die Frau mit der Wollmütze, schmiss sie in die rechte Kabine und machte die Tür wieder zu. Während Isabelle Werthmann bereits tot am Boden lag, wischte sie in aller Seelenruhe die Klinge an einem Papierhandtuch ab und ging gemächlich wieder Richtung Ausgang. Die ganze Aktion hatte keine neunzig Sekunden gedauert. Eine Minute später, als sie den Backshop bereits längst verlassen hatte, ertönte ein gellender Schrei. Einige vorbeilaufende Menschen sahen sich hektisch um, woher die schrille Stimme kam.

Die vermummte Frau, jetzt mit Kapuze über dem Kopf, lief in aller Seelenruhe weiter, bis sich ihr eine weitere Person anschloss. Gemeinsam liefen sie Richtung Rolltreppe zum oberen Ausgang. Keiner interessierte sich für das seltsame Pärchen, das in ihren dunklen Klamotten mit den Schatten der beginnenden Nacht verschmolz.

KAPITEL 9

Eine Stunde später gegen 22.00 Uhr

Um einundzwanzig Uhr dreißig rief Kriminalhauptkommissarin Paola Korb ihr Team zusammen. Otmar Tönz saß zum Zeitpunkt des Anrufes in seiner Stammkneipe, und kam wenigen Minuten später in seiner abgewetzten Jeans und seiner braunen Wildlederjacke. Rene Sutter lag seit einigen Stunden in der Saunalandschaft der See-Therme, und traf fünf Minuten nach Tönz, am Schauplatz des Verbrechens ein. Es war 21.58 Uhr, als sie versammelt mit Korb um die Leiche standen.

„Langsam wird ja aus dem braven Zürich noch ein richtig heißes Pflaster", meinte Tönz beim Anblick der blutüberströmten Frau auf dem Boden. Sie standen zwei Meter vor dem Eingang der Toilette, umgeben von drei weiß gekleideten Kollegen der Spurensicherung und Rechtsmedizin, die auf engstem Raum die Leiche inspizierten und akribisch nach Spuren suchten. Dr. Lochbrunner machte sich bereits eifrig seine Notizen, während ein anderer Kollege die Leiche von allen Seiten fotografierte. Paola Korb sah die Tote an und fragte Tönz, der fünf Minuten vor ihr am Tatort war: „Wisst ihr schon, wer sie ist?"

„Isabelle Werthmann. Vierundsechzig Jahre, laut Ausweis den sie bei sich trug. Beruflich arbeitete sie als Buchhändlerin seit über drei Jahrzehnten im Bücherparadies in der Bahnhofstraße. Erzählte uns zumindest der Verkäufer hier, der hat auch öfter bei ihr ein Buch geholt. Hier kannten sie viele, sie kaufte fast jeden Tag was ein. Fährt viermal in der Woche mit der U-Bahn nach Erlenbach. Hätte nur noch wenige Monate bis zu ihrer Rente gehabt."

„Todesursache?", fragte Korb.

„Erstochen und aufgeschlitzte Kehle. Sie wäre schon von dem Schnitt allein am Hals, bereits nach kürzester Zeit verblutet. Aber der Täterin ging das anscheinend nicht schnell genug, deshalb gab sie ihr noch einen Stich ins Herz."

„Die Täterin?", fragte Korb perplex.

„Schaut so aus. Sagen übereinstimmend mehrere Zeugen. Circa eins siebzig – bis eins fünfundsiebzig, schlank, Anfang Dreißig."

„Wer sind die Zeugen?"

„Einmal der Verkäufer an der Kasse und eine junge Frau, die auf die Toilette ging und sie so vorfand."

„Sutter", befahl Korb. „Gehen Sie mal raus an die Kasse und schauen Sie nach, ob die Zeugin bereits vernehmungsfähig ist. Dann werden wir sie gleich ausführlicher befragen."

Sutter trabte los, während Korb ihren Kollegen fragte: „Herr Tönz, glauben Sie, es gibt einen Zusammenhang mit dem Mord an dem Obdachlosen?"

„Schaut nicht danach aus, aber wir müssen wie immer das Privatleben durchforsten. Auf jeden Fall bestimmt kein Raubmord, sie trägt immer noch eine teure Uhr und das Portemonnaie ist auch voll. Beides wurde nicht angerührt. Was also wollte die Mörderin? Ihren Tod, sonst scheints keine plausible Erklärung zugeben. Ein eiskalter, brutaler

Mord."

Sutter kam zurück. „Ein Sanitäter hat die Frau nach Hause gefahren, sie hat einen Schock erlitten und Weinkrämpfe. Ich habe ihre Adresse, es war eine Studentin aus der Stadt. Wir könnten aber den Backshop-Verkäufer befragen, der steht draußen und hat gleich Feierabend."

„Leute, ich gebe euch dann morgen Bescheid wenn wir die Leiche genauer inspiziert haben", meldete sich Dr. Lochbrunner dazwischen und verschwand mit seinem Koffer.

Tönz, Sutter und Korb gingen nach draußen, wo mehrere uniformierte Polizisten am Eingang die Schaulustigen und die Kundschaft abhielten, den Laden zu betreten. Manche wollten sogar unter dem Absperrband durchlaufen. Pascal Sattelberger stand noch an der Kasse und legte soeben die Arbeitsschürze ab, die die Mitarbeiter hier alle tragen mussten. Sie liefen auf ihn zu. Tönz und Korb streckten ihm ihre Ausweise entgegen.

„Hauptkommissarin Korb, dass hier sind meine beiden Kollegen Sutter und Tönz. Könnten Sie uns noch ein paar Minuten Rede und Antwort stehen?"

„Natürlich, die Irre muss schnellstmöglich gefasst werden", meinte Sattelberger.

„Sind Sie sich denn hundertprozentig sicher, dass es auch eine Frau war?", fragte die Korb.

„Es sah sehr danach aus. Aber unter Eid würd ich`s jetzt nicht beschwören", meinte er etwas verunsichert.

„Haben Sie denn ihr Gesicht erkannt? Könnten Sie unserem

Polizeizeichner eine konkrete Beschreibung abliefern?"

Sattelberger zögerte. Er war etwa Mitte zwanzig, hatte kurze braune Haare und eine schwarz gerahmte Brille.

„Äh…., also ihr Gesicht hab ich nicht genau gesehen, mehr die Statur. Schließlich trug die Frau, äh…. Person, eine riesige schwarze Sonnenbrille und eine Wollmütze."

„Hatte sie lange oder kurze Haare?", fragte Tönz. „Lockig? Welche Haarfarbe?"

„Also, eher kurze. Sie gingen kaum über die Ohren. Und die Haarfarbe war blond. Wasserstoffblond, also auf jeden Fall ziemlich auffällig der Farbton."

Die Kommissare sahen sich nur kurz an und dachten das gleiche.

„Und die Figur?", fragte Korb. „Schlank? Sehr schlank? Kräftig? Wie breit waren die Hüften? Wie groß die Oberweite?"

„Na ja, so genau hab ich jetzt auch wieder nicht auf die Details geachtet. Also, schlank auf jeden Fall. Sie trug ein weites, langes Kapuzensweatshirt. Da konnte man auf die Schnelle nicht sehen, wie groß die Oberweite und wie breit die Hüften waren."

Er hielt inne und kratzte sich verlegen am Kopf.

Tönz war sofort bewusst, dass die Aussagen des jungen Mannes nicht allzu viel taugten.

„Okay", meinte Korb. „Das reicht vorerst. Sollte Ihnen noch was einfallen, oder falls Sie glauben, die Person irgendwo wieder zu erkennen, lassen Sie`s uns wissen."

Sie reichte ihm eine Visitenkarte.

„Mach ich", meinte er. „Ich hoffe, Sie fassen diese Killerin schnell."

Die drei Polizisten verließen den Shop Richtung Rolltreppe und Korb meinte beim gehen: „Morgen wird`s nix mit relaxen und Festtagsbraten essen. Treffpunkt um zehn Uhr im Besprechungsraum!"

KAPITEL 10

Zur selben Zeit in Arbon am Bodensee (Schweiz)

Spontan entschloss ich mich, doch zuerst im Hotel einzu-checken. Ich wusste nicht, wie lange mein „unanständiges Vorhaben" dauern würde, und zum Schluss stand ich dann nach einundzwanzig Uhr vor einer leeren Rezeption oder verschlossenem Hotel. Das Risiko war mir doch zu hoch. Kleine Übernachtungsbetriebe mit höchstens dreißig Betten waren nie dauerhaft besetzt. Außerdem hatte ich der Dame an der Strippe erzählt, ich stünde spätestens um zwanzig Uhr vor ihr.

Ein Mann ein Wort, und so stand ich wenige Minuten spä-ter vor einer hübschen, rothaarigen Frau um die dreißig.

„Guten Abend, Herr Glaser?", fragte sie zuckersüß und reichte mir ihre zartbesaitete Hand mit knallrot lackierten Nägeln. „Ich heiße Silvia Fux."

Ich drückte sanft ihre Hand. „Guten Abend, sofern man das bei dem Sauwetter so sagen kann. Ich hoffe, ich bin nicht der einzige Gast?"

Es regnete immer noch und die Temperaturen lagen höchs-tens bei zehn Grad.

„Tja, Sie sind der fünfte Gast zurzeit. Das Dreckswetter beschert uns leider nicht mehr. Und sie bleiben ja an-scheinend auch nur eine Nacht. Fahren Sie morgen Rich-tung Italien?"

„Nein, nach Konstanz. Ich möchte das „Sealife" besuchen. Am Nachmittag fahr ich dann weiter nach Zürich."

„Da haben Sie zwei schöne Ziele, eine Stadt schöner als die andere. Kann ich kurz Ihren Ausweis haben? Ich muss die Nummer hier eintragen." Ich zückte meinen Reisepass und reichte ihn ihr.

„Sagen Sie", fragte ich. „Die Kreuzlingerstrasse ist doch gleich zwei Ecken weiter, oder?"

„Korrekt. Wenn Sie das Hotel verlassen, links raus, dann fünfzig Meter geradeaus und wieder links. Da beginnt sie. Wollen Sie noch jemanden besuchen?"

„Ja, einen alten Bekannten. Vielleicht kennen Sie ihn zufällig? Er heißt Walter Pickert."

Ihr lächelndes, hübsches Gesicht verfinsterte sich etwas. „Der Mann scheint sehr begehrt zu sein."

„Inwiefern?"

„Vor sechs oder sieben Tagen war ein älterer Mann hier, mit ähnlichem Dialekt wie Sie, und fragte mich glatt das gleiche. Sind Sie von der Polizei oder vielleicht Detektiv?"

„Nein, sehe ich so aus?"

„Eigentlich nicht. Die sind eher meistens unattraktiv." Sie setzte ihr zauberhaftes Lächeln wieder auf.

Ich setzte nach: „Und was haben Sie diesem Mann dann erzählt?"

„Das gleiche wie Ihnen jetzt. Nie gesehen und nie gehört diesen Namen. Ist er ein Verbrecher?"

„Ja, er hat mal einen Freund von mir geschädigt. Wohnte anscheinend mal in der Kreuzlingerstrasse, deshalb geh ich jetzt dort hin."

Das Telefon an ihrer Rezeption klingelte und sie reichte mir meinen Schlüssel. „Na, dann viel Erfolg beim Suchen", sagte sie und nahm den Hörer ab.

Ich lief zu meinem Zimmer Nr. 8 im Erdgeschoss. Es war leicht zu finden, es gab nämlich nur dreizehn. Als ich meine Tasche auf dem Bett abgestellt hatte, wechselte ich meine Softshelljacke gegen meine Lederjacke und lief los.

Keine zehn Minuten später stand ich vor der Kreuzlinger- strasse 11. Einen grauen Wohnblock aus den 70ern mit acht Namensschildern an der Eingangstür. Ein Schild und Brief- kasten war nicht beschriftet. Pickerts ehemalige Wohnung? Falls ja, gab es zumindest noch keinen Nachmieter. Ein Junge kam mit einem Rollwagen angelaufen und verteilte gerade Prospekte. Er sah mich mit großen Augen an und hatte bereits einen Packen unter den Achseln. Ein Schüler mit kurzen schwarzen Haaren und höchstens zwölf Jahren.

„Was verteilst du denn zu später Stunde?", fragte ich ihn.

„Das Arboner Gemeindeblatt, es erscheint immer alle vier Wochen."

„Was kriegst du fürs verteilen?"

„Dreißig Franken für sieben Straßen, die sind hier alle im Radius von hundert Meter."

„Ein Franken ist zurzeit ein Euro. Interesse an vierzig Euro in zwei Minuten?"

Er sah mich misstrauisch an, aber seine Gier überwog. „Was soll ich dafür tun?"

„Läute bei einem der Bewohner hier. Sag ihm, dass das Gemeindeblatt diesmal nicht in die Briefkästen passt, weil drei dicke Prospekte mit dabei sind. Du würdest es gern in den Hausgang legen, sonst gibt's nur eine Mordssauerei hier. Zumal die Hälfte der Kästen noch gar nicht geleert sind."

Er zögerte. „Sie sind doch hoffentlich kein Einbrecher?"

„Nein, keine Angst. Ich will nur jemanden überraschen, den ich seit zwei Jahren nicht mehr gesehen habe."

Er zögerte immer noch. „Sechzig Euro", versuchte er zu handeln.

„Fünfzig, Kleiner."

„Okay, Großer."

Ich griff in meine Brieftasche, zog einen Fuffziger und hielt ihm den Schein vor die Nase. „Aber erst, wenn du gemacht hast was ich gesagt habe, und ich auch drinnen bin."

Eine Minute später lagen die Zeitungen innen, und ich stand drinnen. Ich reichte ihm den Schein.

Er nahm ihn grinsend entgegen: „Aber bitte keinen Unsinn machen, ich habe mir Ihr Gesicht gut eingeprägt." Dann trottete er weiter.

Ich nickte und winkte ihm noch. Dann schlich ich mich in den zweiten Stock, dort wo der Leerstand der Wohnung sein musste. Ich schaltete die Beleuchtung ein und sah mir die Namen der anderen Türschilder an. In jedem Stockwerk wohnten drei Parteien. Die Tür in der Mitte hatte weder einen Namen an der Tür noch an der Klingel.

Aber noch viel bemerkenswerter war die Tatsache, dass die Tür nur angelehnt war, und ich einen Laut von innen vernahm!

Merkwürdig für eine angeblich leerstehende Wohnung.

Ich legte mein Ohr an die Tür und drückte sie etwas weiter nach innen. Dann ging ich anderthalb Meter rein und stand in einem länglichen Flur. Auf einer Kommode entdeckte ich ein eingerahmtes Bild.

Ich nahm es in die Hand. Ein Pärchen stand dort Arm in Arm am Ufer eines Sees. Von Peter`s Bildern kannte ich einen der beiden: Walter Pickert, daneben eine deutlich jüngere Frau. Seine Tochter? Oder Geliebte?

Ich steckte das Bild samt Rahmen in die Innentasche meiner Lederjacke. Auf Zehenspitzen und im Zeitlupentempo schlich ich mich Meter um Meter vorwärts. Vor einer verglasten Tür, von der ich annahm das war die Wohnzimmertür, blieb ich stehen. Wieder lauschte ich und hoffte, was mithören zu können. Zweifelsohne kam die Konversation aus diesem Raum. Was würde passieren, wenn ich jetzt eintrat und auf einmal vor diesen Personen stand? Die Antwort bekam ich nur dann, wenn ich es auch tat. Doch zuerst wollte ich das Gespräch noch etwas belauschen. Vielleicht bekam ich was Interessantes mit, was mir von Nutzen sein konnte.

Aber soweit sollte es nicht kommen.

Denn plötzlich spürte ich einen starken Druck auf meinem Hinterkopf und erstarrte!

69

Und diesmal stand niemand mit einer Mistgabel hinter mir.

Es fühlte sich so anders an.

Eher wie kaltes, hartes Metall.

Es war der Lauf einer Pistole den ich im Nacken spürte, darauf würde ich meine 32 000 Euro wetten.

Dann hörte ich die dazugehörige Stimme des Mannes, der sie in der Hand hielt: „Hände ganz langsam in die Höhe Freundchen, sonst knallt`s! Ich habe einen hyperaktiven Zeigefinger!"

KAPITEL 11

Im Konferenzzimmer der Kripo Zürich saßen sechs Personen: Paola Korb, Rene Sutter, Otmar Tönz, Dr. Guido Lochbrunner, Staatsanwalt Lüthi und eine Person, die zumindest Sutter zum ersten Mal sah; Ein Mann mit Halbglatze, dickem Schnauzer und hohen Wangenknochen, Ende Vierzig.

„Meine Damen und Herren, danke, dass Sie am Feiertag alle gekommen sind. Die Situation erfordert es." Mit seiner dunklen, sonoren Stimme hatte Staatsanwalt Martin Lüthi die Besprechung begonnen.

„Mit Rene Sutter haben wir einen relativ neuen Mitarbeiter in unserem Team. Manche kennen ihn vielleicht schon, er ist ja seit Jahren schon bei der Zürcher Polizei und verstärkt zukünftig die Kriminalpolizei. Und für die, die ihn noch nicht kennen; Roger Montani."

Er zeigte auf den Mann mit der Halbglatze, der mit unbewegtem Gesicht starr geradeaus sah. Dann setzte er fort: „Vielleicht ist es Zufall, dass es innerhalb von vierundzwanzig Stunden zwei Tote in Zürich gab. Aber es gibt womöglich einen Zusammenhang, den wir nur noch nicht erkannt haben. Deshalb habe ich Ihre Chefin gebeten, Herrn Montani mit ins Ermittler-Team zu nehmen. Er kommt aus Basel und wird kurzfristig, bis die Fälle gelöst sind, unsere Sonderkommission erweitern. Er war maßgeblich daran beteiligt, dass der Serienmörder, der die sieben Prostituierten im

Raum Basel erstach, gefasst wurde. Als anerkannter Profiler weiß er bestimmt das ein oder andere, dass den meisten hier im Raum noch nicht bekannt ist. Und gute Leute können wir hier immer gebrauchen, die vor allem komplexe Zusammenhänge vielleicht besser erkennen können. Herr Montani hat sich nach seiner klassischen Polizistenlaufbahn bis zum Hauptkommissar hochgearbeitet, und dann durch Weiterbildungen der letzten Jahre, immer mehr der operativen Fallanalyse, dem sogenannten Profiling, zugewandt."

„Sie glauben an einen Serienkiller?", raunte Tönz leicht spöttisch. „Nur weil zwei Senioren umgekommen sind, die überhaupt nichts miteinander zutun haben?"

„Sie sollten das nicht so abfällig betrachten, Herr Tönz", gab Lüthi zurück. „Wir wissen zum jetzigen Zeitpunkt noch so gut wie gar nichts. Und um möglichst schnell mehr rauszufinden, gilt es alles auszuloten. Herr Montani kennt sich auch gut in der Zürcher Obdachlosenszene aus, dort gab es vor acht Jahren schon einmal zwei Morde, die wir mit seiner Hilfe schneller aufklären konnten."

„Wie sieht`s mit der Polizeipräsenz aus? Sollten wir die an den Brennpunkten, wie den Bahnhöfen, U-Bahnstationen, Gehwegen, u.s.w., nicht lieber verstärken?", fragte Tönz. „Vor allem abends. Das würde das Sicherheitsgefühl der Bürger enorm verstärken."

„Völlig unmöglich", schaltete sich Kripoleiterin Korb ein. „Viel zu wenig Personal. Allein um die vielen Kilometer Uferwege am Zürichsee entlang zu kontrollieren, würden wir über dreißig Polizisten benötigen. Und die Kollegen der Stadt-Polizei schieben schon genügend Überstunden. Aber ich habe veranlasst, dass die Anzahl der Überwachungskameras, vor allem an weniger stark frequentierten Plätzen, verdoppelt wird."

„Apropos Kameras? Die gibt's doch in den U-Bahnen zuhauf. Gibt's da keine Aufzeichnungen, die die Ein – und Ausgänge dieser Geschäfte, wo sich auch der Backshop befindet, überwacht?", fragte Lüthi.

„Überprüfen wir gerade", meinte Korb. „Es gibt eine private Sicherheitsfirma, die in – und um das ganze Bahnhofsareal über dreißig Kameras installiert hat, auch in den entlegenen Untergrundwinkeln. Zwei Mann werden heute Nachmittag den Chef aufsuchen, er heißt Sosna. Das übernehmen Sie, Herr Tönz. Nehmen Sie Sutter mit. Ich habe gestern Abend noch mit Herrn Sosna gesprochen. Das Büro mit den ganzen Monitoren befindet sich in der Nähe der Rolltreppen, zwischen den Aufzügen und Technik-Räumen. Ich sagte Sosna bereits, dass ihn zwei unserer Leute aufsuchen werden. Er ist immer von zehn bis achtzehn Uhr in seinem Büro."

„Gut. Hoffentlich haben wir da Glück mit brauchbaren Aufnahmen. Die Zeugenaussage von dem Knilch an der Kasse war beschissen. Was ist mit der Frau?"

„Herr Montani hat heute früh um halb neun die Studentin Laura Urban in Küsnacht aufgesucht. Sie erzählte so ziemlich das gleiche wie der Backshop-Verkäufer. Der oder die Täterin – ich will mich da noch nicht festlegen – ist knapp über eins siebzig, schlank, blondes Haar, Wollmütze mit großer Sonnenbrille und Kapuzensweatshirt."

„Kapuzensweatshirt?", meinte Lüthi. „Das tragen doch eigentlich sehr wenige Frauen."

73

„Setzen Sie sich mal eine Stunde an den Bürkliplatz", entgegnete Tönz. „Schauen Sie doch mal, was da so alles unterwegs ist. Auch Zürich als wohlhabende Stadt hat hunderte von Lumpensammlerträgern."

Lüthi ging nicht darauf ein. Mit dem Gesicht zu Paola Korb gewandt, fragte er: „Also, macht es wenig Sinn, jetzt ein Phantombild anfertigen zu lassen?"

„Würde ich momentan lassen. Das gäbe viel zu viele falsche Hinweise, und würde unseren Ermittlungen eher schaden als nützen. Wie gesagt, in wenigen Stunden gibt's die Unterredung beim Leiter der Sicherheitsfirma. Herr Montani wird die Obdachlosen am Flughafen – und in der City befragen. Morgen werden wir dann die Verwandten und Kollegen von Frau Werthmann im Bücherparadies befragen. Und …………". Sie stockte. Das Telefon an ihrem Tisch klingelte. Sie nahm ab und hörte nur zu. „Gut. Okay", sagte sie. Dann legte sie auf. Ihr Gesicht hatte sich verfinstert.

„Ihr Ausdruck verheißt nichts Gutes?", mutmaßte Lüthi.

„Ja, leider. Die Planungen der nächsten anderthalb Stunden müssen wir leider etwas verändern. Wir machen jetzt alle gemeinsam eine kleine Spritztour zum Seebad Tiefenbrunnen. Dort hat eben ein Kellner am Zürichsee-Ufer, einen abgetrennten Kopf im Wasser entdeckt!"

KAPITEL 12

Zur gleichen Zeit in Arbon (Schweiz)

„Herr Glaser, nun rücken Sie endlich mit der Wahrheit heraus. Was hatten Sie gestern Abend in der Wohnung zu suchen?" Der Mann, der dies fragte, hieß Bruno Conradi, und war Polizeidienstleiter von dem beschaulichen Städtchen am Bodensee. Ich saß in der kleinen Polizeistation von Arbon. Nachdem ich gestern von der Polizei überrascht wurde, hatten mich zwei uniformierte Beamte sofort mit auf die Wache genommen. Ich musste im Hotel anrufen, dass ich zwangsweise eine andere Unterkunft „vorziehen" würde. Ich versprach der rothaarigen Dame im Hotel, das Geld gleich nach meiner Entlassung vorbeizubringen. Wenn mich die Bullen auch wirklich gehen ließen.

„Ich sagte doch schon", antwortete ich. „Herr Pickert ist ein Bekannter meines besten Freundes. Ich wollte ihn aufsuchen, um mit ihm zu quatschen."

„Ach, und obwohl kein Name mehr von ihm an der Tür und auf der Klingel steht, sind sie einfach rein. So was könnte man auch als Hausfriedensbruch auslegen. Wissen Sie das?"

Bruno Conradi, der mir gegenüber saß, war ein in schicker dunkelblauer Uniform gekleideter Mittvierziger mit graumeliertem, anderthalb Zentimeter langem Haar und etwas schwangerem Bauch, sodass sich sein XXL-Hemd stark über der Gürtelschnalle spannte. Er saß mir frontal gegenüber, und glaubte mir wahrscheinlich nicht eine Silbe meiner Erklärungen. Sein Kollege, ein blonder Jungspund mit Mitte zwanzig, lehnte am Türeingang mit verschränkten Armen und hörte nur mit unbewegter Miene zu.

„Ich habe ja weder was gestohlen, noch bin ich eingebrochen", beteuerte ich mit Unschuldsmiene.

„Ihr Glück", sagte Conradi mit zorniger Stimme. „Aber Ihre Erklärung ist so glaubwürdig wie zehn Zentimeter Neuschnee, Anfang August am Bodensee. Das kam zuletzt vor siebenundachtzig Jahren vor. Allerdings waren es da nur zwei Zentimeter. Sie verstehen also, was ich von Ihrer Erklärung halte?"

Der Spaßvogel wusste nicht, dass ich das Bild in dem Rahmen mitgenommen hatte. Ich wurde nämlich nicht nach Waffen durchsucht bei der Verhaftung. Als ich gestern Abend den Pistolenlauf am Hinterkopf spürte, ahnte ich schon, dass es die Polizei war. Ein nervöser Mieter oder Pickert selbst - wenn es ihn noch gab - hätten mir wahrscheinlich eine Vase oder Pfanne über den Schädel gezogen. Ich fragte mich nur, weshalb die Polizei so schnell vor Ort war, und meinte: „Warum waren Sie eigentlich in der Wohnung? Das war doch kein Zufall, wer hat Sie informiert?" Im stillen Kämmerlein dachte ich, *das es vielleicht der Knirps war.*

„Tja, das ist ja das Sonderbare. Wenn die Version stimmt, dass vor Ihrem Betreten die Musik lief, wurde die Wohnung ja aufgesucht. Nur, die Wohnung ist offiziell zurzeit nicht bewohnt. Dieser Pickert ist vor drei Monaten dort ausgezogen, sozusagen über Nacht. Und die Hausverwaltung hat zwar einen Nachmieter, aber der zieht erst am 1.Mai ein, und hat noch gar keine Schlüssel von der Verwaltung. Also, wer war da drin?"

„Gute und berechtigte Frage. Sie sind ja der Polizist, ich war nur auf „Besuch". Und die Stimmen entpuppten sich ja als Radiosendung. Ich habe ja gar keinen Schlüssel, und eingebrochen bin ich auch nicht. Wer hat sie denn überhaupt informiert, dass Sie die Wohnung aufsuchen sollten?"

„Eine Mieterin, die einen Stock darüber wohnt. Sie hörte anscheinend auch die Musik und einige Geräusche. Und weil sie wusste, dass es noch keinen Nachmieter vor Mai gibt, dachte sie sofort an Einbrecher. Deshalb fuhren wir sofort nach ihrem Anruf hin. Und dann trafen wir Sie. Ein Allgäuer, der rein zufällig in diese Wohnung kommt, um einen alten Bekannten eines Freundes aufzusuchen, der eigentlich längst wissen müsste, dass dieser Pickert dort seit Monaten nicht mehr haust. Schon merkwürdige Vorfälle."

„Sie sagen es. Wollen Sie mich hier noch länger festhalten?"

„Würde ich gerne, aber wir haben weder Zeit noch Platz. Und in Untersuchungshaft kann ich Sie nicht stecken, da Sie ja eigentlich nichts verbrochen haben. Also, lass ich Sie in meiner unendlichen Güte nach Aufnahme Ihrer Personalien wieder laufen. Wo geht's denn dann hin?"

„Gen Konstanz, ins Sealife. Danach noch für ein paar Tage nach Zürich."

„Um Walter Pickert zu suchen?"

„Nein, Urlaub machen."

„Wer`s glaubt wird selig. Aber das ist ja nicht verboten, solange Sie sich bei Ihrer Suche an Recht und Gesetz halten", ergänzte er.

„Ist dieser Pickert bei Ihnen aktenkundig? Er wohnte ja einige Jahre hier", fragte ich.

„Es gab einen Vorfall, aber das kann ich Ihnen nicht näher erläutern. Außer, Sie wären Staatsanwalt, aber kein Deutscher, sondern Schweizer. Aber er wird nicht strafrechtlich gesucht, falls Sie das meinen. Einmal war eine Tochter von ihm hier und brachte uns eine Urkunde?

„Er hat eine Tochter? Was brachte sie für eine Urkunde?"

„Wir haben vor ungefähr zehn Wochen eine Urkunde von ihr erhalten. Pickerts Tochter lebt anscheinend in der Nähe vom Zürichsee."

„Wo?"

„Das geht Sie nichts an, sonst suchen Sie die auch noch auf." Er hielt kurz inne, und kratzte sich am Haaransatz. „Das ist ja dass, was ich bei Ihnen nicht verstehe. Es war eine Todesurkunde, um das mit der Wohnung und den Möbeln zu regeln. Also, stellt sich mir die Frage: Warum suchen Sie eigentlich einen Toten?"

KAPITEL 13

11.40 Uhr, Seebad Tiefenbrunnen (Zürich)

Ein riesiger Menschenauflauf von vorwiegend lauter Schaulustigen musste trotz Absperrbändern, fast schon mit körperlicher Gewalt, von einem Dutzend Polizisten mit aller Macht zurückgedrängt werden. Wie ein Lauffeuer hatte sich die Nachricht des Schädels im See verbreitet, und auch einige regionale Journalisten mussten zurückgedrängt werden. Mit großen Teleobjektiven versuchten mehrere Fotografen die besten Bilder zu bekommen. Stefan Grafreiter, ein Kellner vom Fisch-Restaurant, hatte bei einer Raucherpause den schrecklichen Fund entdeckt. Als er die Stühle auf der Terrasse von der Nässe abtrocknete, genehmigte er sich noch eine Zigarette, und glaubte seinen Augen nicht zu trauen, als ein runder „Gegenstand" an den Uferbereich trieb, der sich als menschlicher Schädel entpuppte. Er war über und über mit Moos, Dreck und Algen übersät, und sah aus wie der Kopf aus einem Zombiefilm. Doch als Grafreiter sich von seinem ersten Schock erholt hatte, schnappte er sich im Schuppen einen Käscher, zog Gummistiefel an, und stieg ins Wasser. Er fing den Kopf ein, legte ihn auf die Wiese am Rande der Terrasse, und rief dann die Polizei.

Und jetzt, dreißig Minuten später, standen vier Beamte der Kripo und Dr. Lochbrunner vor dem Schädel, und sahen ihn von allen Seiten an. Lochbrunner hatte ihn jedoch zuvor in einen Plastikbeutel gelegt, um keine eventuellen Spuren zu verwischen, die aber kaum noch vorhanden sein dürften. Meinte er.

„Brauchen Sie mich noch?", fragte Grafreiter.

„Nein, kümmern Sie sich nur weiter um ihr Lokal. Und danke, dass Sie so mutig waren, den Kopf aus dem Wasser zu fischen", meinte die Korb.

„Gerne. Ich hoffe, Sie finden den Mörder."

„Dr. Lochbrunner, was schätzen Sie, wie lange trieb der Schädel schon im Wasser?", fragte Sutter.

„Wenige Tage. Ich schätze zwei – bis drei, sonst wäre er stärker von den Fischen zerfressen worden. Außerdem ist der Verwesungsprozess noch nicht sehr weit fortgeschritten, allerdings ist der See noch arschkalt. Das trägt gut zur Konservierung der Leichen bei. Es wird spekuliert, das mindestens hundert Tote noch irgendwo im See rumliegen, die im Laufe der letzten Jahrzehnte dort umgekommen sind."

„Wie wurde der Kopf vom Rumpf getrennt?", wollte Tönz von ihm wissen.

„Das werden wir im Labor in einigen Stunden wissen. Entweder zersägt oder abgeschnitten. Mit einem Beil eher weniger, da sähe der Hals ganz anders aus."

„Wie erfahren wir, um wessen Kopf es sich handelt?", fragte Sutter.

„Zähne und DNA", antwortete Lochbrunner. „Und wenn wir diese nirgends abgespeichert haben, können wir den Kopf ähnlich wie bei einem Tier präparieren. Dann fotografieren wir ihn, geben die Bilder an die Presse, und stellen`s ins Internet."

„Außerdem schauen wir morgen in unserer Datei, wer alles

in letzter Zeit als vermisst gilt", ergänzte Tönz.

„Und wieder stellt sich uns „die Frage aller Fragen", meinte Korb und zog ihre hübsche Stirn in Falten.

„Die, wie lautet?", wollte Montani wissen.

„Besteht ein Zusammenhang zwischen den drei Leichen, oder gibt es erstmals einen Serienkiller in der Kriminalgeschichte Zürichs?", mutmaßte Tönz.

„Tja, Kollegen. Ostern hätte eigentlich so schön sein können", meinte Paola Korb. „Stattdessen sollten wir schnellstmöglich einen Verdächtigen finden, dass hier im beschaulichen Zürich nicht alles außer Kontrolle gerät."

Von einem der beiden markanten Türme des Großmünsters, in knapp einhundert Meter Entfernung, steckte sich zur gleichen Zeit ein Mann genüsslich eine Zigarette an. Er inhalierte tief, sah durch sein Fernglas, und beobachtete zufrieden grinsend das Schauspiel, das sich vor ihm am Seebad bot.

KAPITEL 14

Zur fast gleichen Zeit in Arbon

Als ich die Polizeistation verlassen hatte, schlugen gerade zwölfmal die Kirchenglocken von Arbon. Mittagszeit.

Erstmals seit Tagen kam die Sonne über dem See wieder raus. Zuerst nur ein heller Lichtkegel, dann bahnte sie sich langsam einen Weg durch die triste Nebelsuppe. Endlich wirkten der See und die Region wieder freundlicher, vor allem meine eigene Laune stieg wieder rapide an, trotz des unangenehmen Vorfalls mit der Polizei. Zähneknirschend entließ mich Conradi, und unterließ es Gott sei Dank, meine Jacke und Auto zu durchsuchen. Hätte er das viele Geld gesehen, wäre ich womöglich noch des Diebstahls bezichtigt worden. Wer führt schon über dreißigtausend Euro Bargeld mit, noch dazu im Auto für einen „Kurzurlaub"?

Für die Fahrstrecke von Arbon nach Konstanz benötigt man eine gute halbe Stunde, für nur circa dreißig Kilometer. An der Bodensee-Landstraße entlang, geht's kaum schneller als mit 80 km/h vorwärts. Überholmöglichkeiten sind bei dichterem Verkehr selten möglich. Bei guter Sicht sieht man häufiger auf der anderen Seeseite den Ort Meersburg, mit der gleichnamigen historischen Burg auf einer Anhöhe. Bisher war während meiner Fahrt die Sicht eher mäßig, sodass ich von der anderen Seeseite noch so gut wie nichts sah, nicht einmal die riesigen Obst – und Rebhänge. Das Positivste war, dass ich sehr schnell vorankam, da im Frühjahr aufgrund des geringen Verkehrsaufkommens nicht viel los ist auf den Strassen. Erst ab Mai geht langsam in dieser Region die Saison los. Im Winter haben mehr als die Hälfte der Hotels um den Bodensee geschlossen, da wegen des milden Klimas kaum Wintersport möglich ist. Bereits ab dem späten Herbst, wenn sich häufig eine dicke Nebelglocke über den See legt, sind die meisten Touristen schon wieder verschwunden.

Zuletzt war ich Mitte der 90er Jahre in Konstanz, als wir mit der damaligen Realschule eine Abschlussfahrt machten, um die größte Stadt am Bodensee zu besuchen. Von damaligen siebzigtausend, stieg in den letzten beiden Jahrzehnten die Bevölkerungszahl auf jetzt neunzigtausend. Die historische Stadt boomte, aufgrund der Hochschulen und der guten Arbeitslage. Das war vor knapp zwanzig Jahren, jetzt bin ich siebenunddreißig. Das Sealife öffnete Ende der 90er Jahre seine Pforten. Jahre später wollte ich es mit meiner ersten (festen) Freundin Jasmin, bei einer Rückfahrt vom Rheinfall in Schaffhausen aufsuchen, aber da wurde es gerade umgebaut und erweitert und war deshalb geschlossen.

Um 12.45 Uhr parkte ich meinen Audi auf dem großen Parkplatzgelände unmittelbar vor dem Sealife, das sich auch in direkter Ufernähe befindet. Anhand der Anzahl der Fahrzeuge nach zu urteilen, konnte nicht allzu viel los sein. Es parkten vielleicht fünfzig Autos. Platz wäre für die dreißigfache Menge. Vom Parkplatz aus hatte ich noch etwa sechzig Meter bis ich vor dem Eingang stand. An der Kasse standen eine einzelne Frau mit baumelnder, schwerer Kamera, dahinter eine Familie mit drei Kindern zwischen sechs – und zwölf Jahren. Ein gigantisches Plakat an den Außenwänden des Gebäudes sollte die Massen anlocken:

„PIRANHAS – RÄUBER DES REGENWALDES".

Hörte sich gut an, die ideale Feiertags-Beschäftigung. Wer weiß, wann ich wieder nach Konstanz kam. Die neue Ausstellung hatte heute Premiere, deshalb wunderte ich mich, dass so wenig los war. Aber es konnte mir nur recht sein, dann gab`s wenigstens kein Gedränge. Vielleicht zogen es viele Tagesbesucher vor, aufgrund des mittlerweile sonnigen Wetters, lieber an der Strandpromenade zu spazieren? Oder vielleicht die prächtige Innenstadt von Konstanz zu bewundern? Die Stadt hatte einige Attraktionen.

Während ich gemächlich in den weiten Räumen schlenderte, blieb ich vor einem großen Aquarium stehen. Ein riesiger Rochen taxierte mich, als ich meine Nase ganz dicht an das Glas presste. Elegant schwänzelte er mit seiner Flossenspitze umher und starrte mich mit seinen pechschwarzen Augen an. Drei Meter weiter im nächsten Glashaus, sah ich den „Blauen Baumsteiger", der normal nur in den Regenwäldern des Amazonas zu entdecken ist. Eine kräftige, blau gepunktete, übergroße Krötenart. Ich lief weiter um mir genauer die Unterwasserwelt von Rhein und Bodensee zu betrachten. Die Unterwasserreise führte von der Quelle des Rheins in den Schweizer Alpen, und folgte seinem Lauf über den Bodensee bis nach Rotterdam bis in die Nordsee. Dann näherte ich mich der Haupt-Attraktion: DEN PIRANHAS. Die räuberischen Schwarzfische waren das Highlight bis Oktober. Nah betrachtet, sahen sie alles andere als gefährlich aus, fast schon niedlich. Als ich fasziniert meine Nase an die Glasscheibe presste, um einem der gefräßigen Fische in die Augen zuschauen, streifte mich was am rechten Unterarm.

„Entschuldigen Sie", sagte peinlich berührt eine rotbraune,

schlanke Frau, die hastig ihre Kameratasche wieder zu sich zog. Sie warf mir einen Blick zu, den ich sofort in der Hose spürte. Beim Blick in ihre braunen Augen hatte ich ihr sofort verziehen. Im Vergleich zu einer Heugabel oder einer Pistole, war es sowieso eine angenehme Berührung.

„Ach, nicht dafür", antwortete ich. „Ist doch nix passiert. Sie scheinen ja genauso fasziniert zu sein wie ich?"

„Ja, wirklich hochinteressant diese gefräßigen Fische."

Ich betrachtete sie genauer. Sie trug ihr leicht lockiges Haar, offen und über die Schulter. Ihre kleinen rehbraunen Augen musterten mich genauso wie ich sie. Ich war „nur" einen halben Kopf größer als sie. Sie musste also mindestens eins fünfundsiebzig sein, im Vergleich zu meinen eins dreiundneunzig. Ihre süße kleine Stupsnase berührte fast mein unrasiertes Kinn. Sie war dezent geschminkt, hatte leicht rötliche Wangen und schmale Lippen. Irgendwie erinnerte sie mich an eine Moderatorin bei RTL, die glaube ich, „Explosiv" moderierte. Sie trug schwarze Jeans, eine knallrote Fleecejacke und braune Stiefel, die fast bis zum Knie reichten. Fast wie Reiterstiefel.

„Wem zeigen Sie denn ihre Fotos", fragte ich neugierig, mit Blick auf ihre Spiegelreflexkamera mit gut fünfzehn Zentimeter langem Objektiv.

„Ich mache Aufnahmen für das Zürcher Tagblatt", sagte sie mit kaum hörbarem Schweizer Dialekt. „Immer wenn es was Neues hier in der Stadt gibt, bin ich meistens vor Ort. Schließlich ist Konstanz ja auch mit der Schweizer Stadt Kreuzlingen verwachsen. Wir berichten oft aus der Region, Zürich liegt ja nur eine Stunde entfernt. Und Sie? Machen

Sie hier Urlaub? Sie klingen wie aus dem Allgäu?"

„Gut erraten, man merkt, dass sie viel rumkommen. Ich bin aber nur heute Nachmittag hier, dann geht`s weiter nach ………? Einmal dürfen Sie raten!"

„So ein Zufall, dass kann nur Zürich sein. In meinem Horoskop stand gestern, dass ich heute eine entscheidende Begegnung habe, die mein ganzes Leben verändern könnte."

„Die Braut geht ja ganz schön zur Sache", dachte ich.

„Ich werde in drei Stunden wieder zurückfahren, dann habe ich genügend gutes Bildmaterial."

„Sie sind noch drei Stunden hier im Sealife? Mir reicht es jetzt schon, nach nicht einmal einer Stunde. Wenn Sie Lust haben, könnten wir an der See-Promenade noch eine Tasse Kaffee trinken?"

Ich war gespannt auf ihre Antwort. Nach kurzem Zögern meinte sie: „Okay, eine Stunde sollte schon drin sein, zumal es jetzt so schön sonnig wird. Treffen wir uns um fünfzehn Uhr am Eingang hier? Das ist in knapp einer Stunde."

„Ja, gern."

„Gut, dann bis nachher." Sie lief weiter und drehte noch einmal den Kopf zu mir. „Übrigens, ich bin Nadja."

„Angenehm, Paul", rief ich hinterher, als sie hinter einer Säule aus meinem Blickfeld verschwand.

Fünf Minuten vor drei stand ich am Eingang vom Sealife,

und wartete. Der Besucheransturm hielt sich nach wie vor in Grenzen, und ich beobachtete mit einem „Magnum Mandel" in der Hand, wer so alles ein - und ausging.

15.02 Uhr

Ich war sehr gespannt, ob diese Nadja noch kam, falls der Name überhaupt stimmen sollte. Aber warum sollte sie mich anlügen? Die junge Frau, die ich auf maximal Mitte dreißig schätzte, hatte sicherlich nichts zu verbergen.

15.06 Uhr

Langsam zweifelte ich ob sie noch kam. Vielleicht hatte sie sich verlaufen oder es sich anders überlegt? Also, verlaufen hatte sie sich sicherlich nicht, so orientierungslos erschien sie mir nicht. Dann doch lieber die Variante, dass sie sich was anderes vorgenommen hatte. Andererseits, was gibt es denn interessanteres, als mit mir auf eine Tasse Kaffee zu gehen? Die Frau wusste ja gar nicht was sie verpassen würde.

15.11 Uhr

Meine Geduld war zu Ende. Auch ein Mann, der sich für attraktiv hält, muss immer damit rechnen einen „Korb" zu bekommen. Und zudem, meine Exkursion begann ja erst. Zürich war groß und die Nächte und Tage noch lang genug.

Ich schlenderte Richtung „Lago", einem riesigen Einkaufscenter, das unweit der Seepromenade lag. Dort tummelten sich in der Regel tausende von Besucher täglich, jedoch nicht heute, schließlich war Karfreitag. Unten am westlichen Zipfel vom Lago, befand sich ein Multiplexkino mit sechs Kinosälen. Auch hier war es ziemlich ruhig, bei mittlerweile strahlendem Sonnenschein. Zeit um eine Tasse Kaffee zu trinken, am besten in einem Biergarten am Hafen, oder in einem der zahlreichen Cafe`s. Ich sah mich um, welche Lokalität mir am besten geeignet erschien, es gab dutzende von Einkehrmöglichkeiten. Dann stand ich unterhalb eines der begehrtesten Fotomotive von Konstanz: der „**Imperia**". Eine riesige Statue, aus Beton gegossen, neun Meter hoch, achtzehn Tonnen schwer, die sich mithilfe eines Rundtisches innerhalb von vier Minuten einmal um die eigene Achse drehte. Sie befindet sich in dreißig Metern Höhe, und in ihrem Sockel ist eine Pegelmessstation integriert. Über einen begehbaren Steg kann man direkt bis zur Statue gehen, und sie von unten nach oben bewundern. Die schöneren Motive lassen sich mit den Kameras jedoch vom Hafen aus einfangen, mit den Alpen oder dem See im Hintergrund. Die „Imperia" erinnerte satirisch an das Konzil von Konstanz. Sie zeigt eine üppige Kurtisane, der ein tiefes Dekollete und ein Umhang, der nur von einem Gürtel notdürftig geschlossen wird, eindeutige erotische Ausstrahlung verleihen. Auf ihren erhobenen Händen trägt sie zwei zwergenhafte nackte Männlein. Kein Wunder, dass die Statue von hunderten von Smartphones und Kameras jeden Tag abgelichtet wird. Auch ich machte mit meinem Handy mehrere Aufnahmen.

Hinter mir befand sich ein großes Eiscafe, und ich beschloss dort zu verweilen, bis ich weiter nach Zürich fahren würde. Trotz quirligen Treibens an der Promenade, war die Hälfte der Tische leer. Ich setzte mich mit Blick zur Imperia hin, und bestellte einen Apfelstrudel mit Sahne sowie Cappuccino dazu. Als ich mir die erste Gabel auf der Zunge zergehen lassen wollte, blieb mir der Bissen regelrecht im Halse stecken, als ich auf einmal einen gellenden Schrei vernahm! Ich verschluckte mich fast und sah mich sofort um, woher dieser hysterische Schrei gekommen war.

Natürlich interessierten sich auch alle anderen Besucher des Lokals, und vor allem die vielen Spaziergänger, woher der Schrei kam. Manche sprangen auf und versuchten es zu lokalisieren. Ungefähr siebzig Meter links von der Imperia gab es eine Einbuchtung am Hafen, von der die Möglichkeit bestand über Stufen ans Wasser runter zulaufen. Dort hatte sich an den breiten Stufentreppen schlagartig eine große Menschentraube gebildet. Vielleicht war dort jemand ins Wasser gefallen? Die Wasser-Temperaturen lagen höchstens bei zehn Grad. Da ich nichts sah, außer der ständig größer werdenden Menschentraube, schnappte ich mir meinen Teller – man weiß ja nie ob er abgeräumt wird - und lief wie viele andere auch, zu dem immer größer werdenden Menschenpulk. Auch ich gehörte heute (leider) zu den unerträglichen, neugierigen Schaulustigen, die in der Regel Gaffer genannt werden.

Ich stellte mich auf einen Mauervorsprung um besser auf die Bucht sehen zukönnen.

Dann sah ich den Grund des Menschenauflaufs:

Im Wasser, das mit leichten Wellen an das Ufer drückte, schwamm was. Aber es war kein Mensch, sondern ein Teil davon. Im Wasser trieb ein Bein! Ein nacktes Bein, von den Zehen bis zum Oberschenkel. Und dann machte ich das, was auch andere Schaulustige taten; Ein Foto schießen. Wie oft hat man schon die Gelegenheit ein abgetrenntes Körperteil zu fotografieren? Ich nahm mein Handy und drückte zweimal ab. Was ich mit den Bildern später mal anfangen sollte, wusste ich zu dem Zeitpunkt noch nicht. Aber man kann ja nie wissen, für was es später nützlich ist. Und wenn es nur für Gesprächsstoff unter Freunden sorgt.

Und dann sah ich sie. Mitten im „Getümmel" und in vorderster Front: Nadja!

Die unbekannte Schönheit die mich versetzt hatte. Pausenlos sah sie durch den Sucher ihrer Kamera, und drückte aus allen möglichen Perspektiven ab. Das sie Reporterin war nahm ihr bestimmt jeder ab. Kein Mensch würde in diesem Eifer und mit dieser Akribie, so viele Bilder von so einem unappetittlichen Motiv schießen.

Ich beschloss, mich mit meinen breiten Schultern durch die weiter angewachsene Menschenmenge zu drängeln, um zu ihr zu gelangen. Ich spürte, dass ich mit der Dame noch einiges „anfangen" konnte, in welcher Hinsicht auch immer. Kontakte in Zürich waren für mich jetzt von größter Priorität. Und für ihr Nichterscheinen hatte sie bestimmt schon eine plausible Ausrede parat, die ich, egal wie sie ausfiel, akzeptieren würde. Attraktiven Damen verzeiht man oft sehr viel, manchmal sogar zu viel, das wurde schon einigen zum Verhängnis. Ich ahnte jetzt schon, dass sie mir aufregende Stunden bescheren würde, nur kam es in anderer Art und Weise, als wie ich es mir jemals erträumt hatte.

KAPITEL 15

Karfreitag, 16.30 Uhr, Zürich

Hauptkommissar Tönz und sein angehender Kollege Sutter, standen vor der gepanzerten Tür mit der Aufschrift: „Sicherheitsbüro – Unbefugtes Betreten verboten". Das Büro der Security-Firma lag etwa hundertfünfzig Meter vom Tatort des Mordfalls entfernt. Um die Polizei der Stadt zu entlasten, engagierte der Stadtrat in Kooperation mit der Polizeidirektion vor zwölf Jahren die private Sicherheitsfirma Lanzer. Sie bestand aus sechsunddreißig Mitarbeitern, die in drei Schichten a` zwölf Mann Streife gingen, rund um die Uhr. Sowohl im Untergrund, als auch im oberirdischen Bereich des großen Bahnhofsgeländes.

Sie gingen in den Überwachungsraum der mit vierzehn 19-Zoll-Monitoren bestückt war. Der Leiter der Sicherheitsfirma, Alexander Sosna, empfing die beiden in dem fünfzig Quadratmeter großen Überwachungsraum.

„Setzen Sie sich doch, meine Herren. Gute Nachrichten für Sie. Eine unserer Kameras schwenkte auch zum Zeitpunkt des Überfalls häufig auf den Eingang des Back-Shops. Ich habe die Aufnahmen schon rausgesucht für Sie."

„Sind Ihre Kameras rund um die Uhr in Betrieb?", fragte Sutter.

„Nein. Wir gehen zwar rund um die Uhr Streife mit unseren Leuten, aber die Kameras laufen aber erst ab zwölf Uhr mittags. Das wurde mit der Stadt so abgesprochen.

Zwischen sechs und zwölf Uhr vormittags, passiert statistisch gesehen am wenigsten. In dieser Zeit verstärkt aber auch eine zivile Streife der Stadtpolizei unsere Leute. Vor allem um den Drogenhandel in den Griff zukriegen, der in den letzten Jahren wieder zugenommen hat. Die Gewaltkriminalität ist jedoch schon seit zehn Jahren rückläufig, die lag in den 90er Jahren fast doppelt so hoch."

„Okay. Dann schauen wir mal, was es schönes zu sehen gibt", meinte Tönz. „In welchem Radius schwenken ihre Kameras?"

„Sie sind an der Decke und an Pfeilern so positioniert, dass sie sich permanent im 45 Grad-Winkel bewegen. Das heißt, sie laufen ständig von links nach rechts, wieder zurück, und haben dabei immer ein Blickfeld von ungefähr zwölf Meter im ständigen Überblick. Aber sie werden es gleich sehen."

Er drückte auf den Play-Knopf des Aufnahmegeräts, und das Bild von Monitor 11 war zu sehen. Es war in Schwarz-Weiß und mittelmäßiger Auflösungs-Qualität. Die Uhrzeit der Aufnahme war bei 20.44 Uhr, als er den Film startete. Sie sahen Dutzende von Personen die ständig in dem Shop ein – und ausgingen. Nur für fünfzehn Sekunden befand sich die Kameralinse gegenüber des Back-Shops, wo sich der Presseladen befand. Dann blieb die Kamera immer jeweils auf einem der beiden Eingangsbereiche für etwa fünf Sekunden stehen, bis sie wieder weiterschwenkte.

„Stop!", schrie auf einmal Sutter, „Das könnte sie doch gewesen sein." Sie sahen, wie um 20.48 Uhr eine Person mit dunkler Wollmütze und Sonnenbrille den Laden betrat.

„Sie haben recht", pflichtete ihm Tönz bei. „Das ist die

92

einzige Person mit dieser großen Sonnenbrille um diese Zeit. Machen Sie doch bitte ein Standbild wenn die Person genau am Eingang steht. Frau Werthmann muss ein – bis zwei Minuten vorher den Shop betreten haben, und befindet sich bestimmt schon auf der Toilette. Sie wurde bestimmt verfolgt als sie das Bücherparadies verließ. Wahrscheinlich hat sie der Täter oder die Täterin, tagelang vorher schon überwacht und wusste immer was sie tat. Die Zeitabstände sind jetzt bis zur Tat extrem kurz, dass schließt auf ein exakt geplantes Timing hin."

Sosna drückte ein paar Mal hin – und her, und hielt das Bild an, als die dunkel gekleidete Person über die Türschwelle schritt. Sie sahen eine in schwarz gekleidete Gestalt, die mit zielstrebigen Schritten Richtung Toilette eilte. Über der rechten Schulter trug sie eine kleine Umhängetasche.

„Wie kommen die beiden Zeugen nur auf die Idee, dass das eine Frau sein könnte?", fragte Tönz die anderen beiden.

Sosna gab ihm überrascht recht. „Ja, erstaunlich. Eine Frau hat nie und nimmer dieses Gangbild und solch eine Statur. Die beiden Zeugen haben wirklich einen Knick in der Optik."

„Lassen Sie bitte in Zeitlupe weiterlaufen", befahl Tönz. Sie sahen, wie die Person langsam nach links und rechts, ständig um sich schauend, die Türklinke drückte. Dabei blieb ihr Blick mehrere Sekunden auf einem Regal an einer Wandseite stehen, wo sich ein großer Mann befand.

„Wir haben unser Pärchen wieder", meinte Tönz triumphierend. „Der Typ am Kühlregal ist der Komplize."

Tatsächlich sah es so aus, als ob ein hochgewachsener Typ

mit circa eins neunzig, die Joghurts und Milchtüten unge-wöhnlich lange betrachtete. Dabei sah er sich immer wie-der Richtung Kasse, Eingang und Toilettenzugang um.

„Könnte passen. Kein Typ schaut so intensiv Joghurtbecher an.", stellte Sosna fest.

Auch dieser Mann trug ein dunkles Kapuzensweatshirt, je-doch keine Sonnenbrille. Er trug eine Baseballmütze, eine normale Brille und hatte einen dünnen Schnauzbart. Offen-sichtlich stand er Schmiere bei der Aktion, um ungebetene Toilttengänger womöglich aufzuhalten. Sie sahen sich noch weitere fünf Minuten die Aufzeichnung an, jedoch waren beide Verdächtigen nicht mehr zu entdecken.

„Tja, Pech gehabt", meinte Sosna. „Mehr gibt`s nicht von den beiden. Ich glaube, dass sie wussten, in welchem Zeit-Intervall die Kamera hin – und herschwenkte. Als sie den Shop verließen war das Objektiv auf der Seite des Presse-laden. Sie kannten vermutlich den Standort der Kameras, und haben sie tagelang vorher gründlich analysiert."

„Möglich", antwortete Tönz. Um 20.58 Uhr sahen sie die Studentin, die völlig aufgelöst und schockiert an der Kasse stand, um den Überfall zu vermelden.

„Ich werde jetzt Monitor 12 laufen lassen, zwischen 20.57 – und 21.02 Uhr. Die Kamera ist fünfzig Meter links von der 11er angebracht, und fängt hauptsächlich den Gang bis zur ersten Rolltreppe ein."

Wieder sahen alle drei angestrengt, ob sie die beiden ent-decken konnten. Um diese Zeit kamen gerade zwei U-Bahnen an.

94

„Hier, halten Sie bitte an", sagte Sutter mit zusammenge-kniffenen Augen. „Das könnten sie wieder sein." Tatsäch-lich sahen sie ein Pärchen, das sich zügig in gleicher Montur auf die Rolltreppe zubewegte.

„Gut erkannt", lobte Tönz. „Das sind sie. Und der Kleinere hat jetzt seine Wollmütze abgenommen, dass hellblonde Haar ist trotz der Schwarzweiß-Aufnahmen gut zu erken-nen."

„Nur, das wir ihre Gesichter nicht sehen", schränkte Sosna die Euphorie etwas ein. „Aber jetzt haben wir in etwa die Statur und Figur der beiden. Ich lasse von den Standbildern mehrere Aufnahmen für Sie anfertigen. Sie sind zwar nicht farbig, aber besser als nix. Wenn das Duo in ähnlicher Er-scheinung wieder auftreten sollte, werden alle die das in der Presse und dem Regional-TV gesehen haben, bestimmt sofort die Polizei informieren."

„Bleibt nur zu hoffen, dass sie sich nicht trennen, oder wo-möglich radikal verändern", meinte Sutter. „Wenn die bei-den Typen ihre Brillen, Bärte und Haarfarben wechseln, sehen sie bestimmt wie viele andere Kerle in der Stadt aus."

KAPITEL 16

Zwei Stunden später in Zürich

„Blacky und Blondy" saßen in einem leicht abgedunkelten Raum und betrachteten ihren Auftraggeber. Einen Mann, den sie bisher nur mit Strohhut, Adidas-Sportbrille und einem Vollbart zu Gesicht bekamen. Sie wussten, das war alles nur Maskerade, aber das war ihnen egal. Die Mission war in Kürze beendet, und sie würden sich wieder nach Südamerika absetzen, wo sie letzte Woche noch gewesen waren.

„Spätestens wenn die Bilder der Überwachungskameras in der Zeitung stehen, werdet ihr als Paar überall auffallen", sagte der Mann und zog an seiner Zigarette. „Den nächsten Auftrag erledigt ihr getrennt und bei Dämmerung, dass das Ganze nicht so auffällig ist. Und in drei Tagen nach dem großen Finale müsst ihr schnellstmöglich verschwinden, da wird es hier von Bullen nur so wimmeln. Es wird verstärkte Verkehrskontrollen, Flughafenüberwachungen und doppelt so hohe Polizeipräsenz auf den Straßen geben."

„Ist uns bewusst", meinte Blacky, der seinen Bart, Brille und Kappe abgenommen hatte. Jetzt sah er aus wie er immer aussah: Wie ein grobschlächtiger Osteuropäer mit einer drei Zentimeter langen Narbe auf der Stirn. Was jedoch keiner wusste, nicht einmal ihr Auftraggeber; Sein Partner „Blondy", der fast zwanzig Zentimeter kleiner und femininer wirkte, war nicht nur sein Killerkumpan, auf dessen Konto über zwanzig Auftragsmorde gingen, sondern auch sein schwuler Freund! Beide hatte sich vor fünf Jahren, als sie noch bei einem Drogenbaron in Kolumbien ihren Sold bezogen, kennen - und lieben gelernt. Und seitdem waren sie vorwiegend nur gemeinsam „buchbar". Das sprach sich auch in der „Szene" herum, nur nicht in Europa, da hielten sie sich selten auf. Ihr Auftraggeber hatte sie über einen Mittelsmann in Amerika kontaktiert, und nur aufgrund des gigantischen Honorars hatten sie zugesagt.

„Where is the Money?", fragte Blondy. Im Gegensatz zu seinem „Freund", sprach er kaum Deutsch. Die Meinung des Mannes interessierte ihn kaum. Wenn wirklich was von Bedeutung dabei war, würde es ihm sein Süßer übersetzen.

„Here", antwortete der Mann mit dem Strohhut. Er machte einen Koffer auf und schmiss jedem ein kleines Bündel von 50 000 Franken hin. „Und passt morgen bei dem Mädchen höllisch auf. Keine Zeugen wie bei der Werthmann. Verstanden? Den Rest des Geldes gibt's nach dem Finale."

„Es gab keine Zeugen bei dem Mord", korrigierte Blacky knurrend. Er hasste es kritisiert zu werden. „Die Tote wurde erst entdeckt, als wir schon fast bei der Rolltreppe waren. Ist ja wohl logisch, das bei dem Trubel da unten, das Klo keine zwei Minuten unbesucht bleibt."

„Schon gut", beschwichtigte der Mann mit dem Hut. Er wollte jetzt kurz vor dem „Finale" keinen unnötigen Ärger mit den Killern. Er brauchte sie noch für zwei Aktionen. Die beiden steckten das Geld ein und standen auf. Ihr Auftraggeber wusste zwar einiges, aber nicht das Wichtigste: Nämlich, dass auch er auf der Abschussliste stand.

KAPITEL 17

Als ich mich mit vollem Körpereinsatz durch die Menschen-
massen gedrängelt hatte, stand ich anderthalb Meter hinter
ihr, unmittelbar vor dem Wasser. Nadja stand noch eine
Stufe tiefer, und ihre Stiefel waren schon feucht von dem
heranschwappenden Wasser. Ich sah, dass sich vom Konzil
aus, drei Beamte der deutschen Polizei ihren Weg zum
Schauplatz der Entdeckung bahnten. Nadja machte dass,
was sie vermutlich exzellent beherrschte; Bilder in allen
möglichen Perspektiven des Beines zumachen. Sie war so
vertieft, dass sie gar nicht bemerkte, dass ich ihr bereits bis
auf einen Meter auf den Pelz gerückt war. Drei Typen von
der Wasserwacht diskutierten eifrig neben ihr. Jeder gab
seine eigene These des Gesehenen wieder. Keiner wusste
vermutlich wirklich, was sich hier abgespielt hatte. Von
Mord über Unfall war so gut wie alles möglich.

„Kommt das morgen ins Zürcher Tagblatt?", fragte ich Nadja.

Überrascht drehte sie den Kopf und sah mich lächelnd an.
„Paul, welch eine Überraschung! Ich wusste, dass wir uns
wieder sehen werden. Leider zu einem anderen Anlass als
beabsichtigt."

„Ich war um fünfzehn Uhr am Eingang."

„Verzeihung fürs nichtkommen. Ich hatte schon kurz vor
drei einen Tipp von der Wasserwacht erhalten, das hier was

Schreckliches gefunden wurde. Und als Journalistin muss man immer als Erste am Ort des Geschehens sein, bevor die Konkurrenz eintrifft."

„Verstehe."

„Sind Sie sauer?"

„Keineswegs, sonst wäre ich jetzt nicht hier."

„Kommen Sie, wir verdrücken uns. Die Polizei wird jeden Moment hier sein, und vielleicht auch die Kripo. Ich habe was ich brauche. Und brauchbare Zeugen gibt es hier anscheinend keine. Nur den Entdecker des Beins und mit dem hab ich schon gesprochen."

Ich schob mich wieder durch den Pulk, und diesmal blieb sie hinter meinem Rücken ganz eng auf Tuchfühlung. Zwei Minuten später saßen wir in dem Cafe, wo ich bereits zuvor meinen Apfelstrudel genossen und nur noch nicht bezahlt hatte. Die vollschlanke Bedienung sah mich grinsend an, als ich wieder mit weiblicher Begleitung an meinem gleichen Platz saß.

„Sie sind wenigstens ehrlich", meinte sie. „Einige Gäste sind auch runter zum gaffen ans Ufer, aber noch nicht wieder zurückgekommen. Wahrscheinlich verdrücken sie sich bei dem Tumult."

„Tja, viele Schaulustige scheinen auch Zechpreller zu sein. Weil der Strudel so gut schmeckte, nehme ich noch eine Käsesahne mit Latte macchiato dazu."

„Für mich das Gleiche", ergänzte Nadja.

Sie legte ihr Equipment auf den dritten Stuhl der am Tisch

stand, und holte eine Schachtel Zigaretten aus ihrer Manteltasche. „Stört es Sie, wenn ich rauche?"

„Nein", log ich, obwohl mich Raucher schon nervten. Wir sahen beide, dass ein silberner BMW mit Blaulicht vorfuhr, aus dem zwei Männer ausstiegen.

„Zivilpolizei?", fragte ich Nadja.

„Vermutlich Kripo", meinte sie.

„Glauben Sie, dass war ein Verbrechen?"

„Ich befürchte ja. Und makaber ist, dass im Zürichsee vor wenigen Stunden ein Kopf gefunden wurde. Vielleicht gehört ja das Bein zu seinem Körper?"

„Ein Kopf im Zürichsee, ganz schön gruselig", meinte ich, und spürte wie ich bei dem Gedanken eine Gänsehaut bekam. „Waren Sie dort auch am Tatort?"

„Nein, nicht direkt. Ich erfuhr es erst, als bereits ein halbes Dutzend Polizisten und Spurensicherer vor Ort waren. Ich konnte aber noch eine Aufnahme von der Terrasse eines Hotels machen, als der Gerichtsmediziner den Beutel mit dem Schädel im Auto mitnahm. Alles Weitere erfuhr ich dann kurz darauf. Behalten Sie es bitte für sich, aber ich habe einen guten Draht zur Kripo in Zürich."

„Gute Kontakte und Quellen scheinen in Ihrem Job sehr wichtig zu sein", stellte ich fest. *Und hoffentlich auch für mich nützlich,* dachte ich insgeheim.

Sie zog an ihrer Zigarette. „Sie sagen es. Wer zu spät kommt den bestraft das Leben. Das trifft im Besonderen auf die Journalisten zu."

„Sagen Sie mal, Nadja. Wir könnten uns doch duzen?"

„Gern, Paul. Wir müssen ja nicht unbedingt auf „Brüderschaft" trinken, das geht auch einfacher."

„Du sagst es. Lässt sich bei dir überhaupt Familien – und Privatleben einigermaßen trennen, wenn man ständig auf der Suche nach der heißen Story ist?"

Sie war natürlich nicht doof, und wusste worauf ich hinauswollte, hatte aber anscheinend kein Problem damit. Warum sollte man schließlich lange um den heißen Brei herumreden?

„Ich habe keine Familie, oder besser gesagt, keinen Mann, und bin seit zwei Jahren geschieden. Vermutlich hat meinen Exmann der Job von mir, doch zusehr gestört. Er wollte am liebsten, dass ich nur in Teilzeit arbeite, und das noch am besten vom Wohnzimmer aus. Ich bin aber alles andere als ein Hausmütterchen. Und er meinte, ich sollte schnellstmöglich schwanger werden. Aber eigentlich habe ich noch keine Lust auf Kinder, ich bin ja noch jung."

Ich verkniff es mir jetzt, nach ihrem Alter zu fragen. Manche Frauen in ihrem Alter bekamen sicherlich schon Torschlußpanik. Redselige Ladys, wie ich auch Nadja einschätzte, erzählen das dann irgendwann von selbst. „Wie lange wart ihr denn verheiratet?", fragte ich.

„Nur drei Jahre, zwei zu viel. Und du? Wie schaut's bei dir aus?"

„Häufiger verliebt und einmal verlobt. Aber mit Heiraten hatte ich`s bisher auch nicht eilig, schließlich bin ich ja noch ein junger Hupfer", erwiderte ich grinsend.

„Na, dann haben wir ja schon die erste Gemeinsamkeit; Möglichst nicht voreilig heiraten, sonst rennt man nur ins Verderben. Woher aus dem Allgäu kommst du denn?"

„Buchenberg. Schon mal gehört? Das liegt sieben Kilometer westlich von Kempten. Nützt dir aber auch nix, falls du die Stadt nicht kennst."

„Kempten kenn ich. Ich war mal mit einem Kollegen bei der Allgäuer Festwoche vor vier Jahren, auf Einladung des Tourismusverbandes. Wir solllten groß über die Festwoche bei uns in der Zeitung berichten, damit mehr Schweizer ins Allgäu kommen. Schöne Ecke, fast so schön wie bei uns."

„Wohl wahr." *Frauen sollte man generell häufig rechtgeben, dass erweckt einen positiven Eindruck.*

„Was verschlägt dich hierher?", fragte sie, und nahm einen letzten tiefen Zug aus ihrer Zigarette.

„Die schöne Schweiz."

„Nicht mehr? Ist das der einzige Grund?"

„Sicher", log ich. „ich habe Urlaub und in unserem Sportshop ist bis Pfingsten nicht viel los."

„Unser? Du hast ein Sportgeschäft?"

„Das war vom Sprachgebrauch her so gemeint. Ich bin nur Verkäufer in „unserem" Sportgeschäft. Wir sind nur zu viert im Geschäft, inklusive dem Chef."

„Interessant. Ich geh auch gern wandern und skifahren. Dann kann ich mich ja mal bei euch eindecken, in Deutschland ist eh alles viel billiger."

„Klar, kommst mich mal besuchen, dann rüste ich dich aus. Dann lernst du mal das idyllische Buchenberg und Oberallgäu besser kennen." *Und mich*, dachte ich insgeheim.

„Gern. Manchmal ist mir hier in Zürich eh zu viel Trubel. Die Stadt platzt aus allen Nähten und die Mieten explodieren. Und wie in Deutschland auch, kommen immer mehr Kriegsflüchtlinge zu uns, obwohl das bei euch in der Presse selten erwähnt wird. Dort ist immer nur die Rede von eurer Nation und den Schweden, als Flüchtlingsländer Nummer Eins und Zwei. Ich befürchte, dass wird noch soziale Unruhen geben. Die Schweizer gelten sowieso nicht gerade als besonders Ausländerfreundlich."

Ihr Smartphone klingelte, mit dem schönen Ton von Gloria Gaynors; „I will surwife". Sie meldete sich mit „Lück" und meinte nach kurzer Pause: „Okay, ich bin in einer Stunde im Büro."

Dann sah sie mich an, und ich wusste jetzt wie die Moderatorin von RTL mit türkischen Wurzeln hieß: „Nazan Eckes". Sie konnte wirklich ihre Zwillingsschwester sein, nur war sie gut einen halben Kopf größer.

„So, Paul. Ich muss jetzt leider aufbrechen", sagte sie dann, und griff in ihre Tasche um vermutlich ihr Geld zu holen.

„Lass stecken", sagte ich. „Das geht auf mich." *Die meisten Frauen mögen keine geizigen Männer.*

Sie zog aber nur ein Taschentuch aus ihrer Tasche. „Nicht sauer sein, aber ich muss noch in die Redaktion um die Bilder mit dem Chefredakteur auszusuchen, und dann den Text zu besprechen. Schließlich soll morgen eine knallige

Schlagzeile eine Menge Käufer anlocken."

Ein Date musste noch her, dachte ich im gleichen Augenblick.

„Verstehe. Sehen wir uns abends auf einen Drink?"

„Mal sehn. Ich schreib dir mal meine Nummer auf." *Gute Idee.*

Sie zog einen Kugelschreiber aus ihrer Tasche, kritzelte eine Nummer auf einen Bierdeckel und reichte ihn mir.

„Ruf mich mal gegen 19.30 Uhr an, dann sehen wir weiter. Okay?"

Worauf du dich verlassen kannst.

„Alles klar", antwortete ich.

Dann stand sie auf, hängte sich ihr Equipment über die Schulter und reichte mir ihre Hand. Ich drückte sie nicht kräftig, sondern eher sanft und meinte dann: „Also, vielleicht bis später?"

„Ja, gute Fahrt. Ach noch was: Hast du schon eine Unterkunft in Zürich?"

„Nein. Hast du einen Tipp?"

„Ruf das Theater-Hotel an, das liegt in der Altstadt. Das gefällt dir bestimmt."

„Mach ich." Falls ihre Nummer stimmen sollte, hatte ich das Gefühl, dass mir ein prickelnder Abend bevorstand. Aber oft kommt es ganz anders als man denkt.

KAPITEL 18

19.00 Uhr, Erlenbach (Zürich)

Tönz und Sutter parkten ihren BMW am Alpenrosenweg 16, direkt vor der Wohnung von Isabelle Werthmann. Erlenbach war eine kleine beschauliche Gemeinde mit circa 1500 Einwohnern. Der Ort lag direkt am Zürichsee und hatte auch einen Anlegeplatz für die Schifffahrt. Sie standen vor einem senffarbenen Dreifamilienhaus im Fachwerkstil. In der Straße gab es ausschließlich nur kleinere Häuser und keine größeren Wohnblöcke. Unweit am Seefer standen vorwiegend alte Landhäuser und viele moderne Villen. Der kleine Ort zählte mittlerweile zu einer der begehrtesten Wohngegenden um Zürich, da die Schweizer Metropole nur einen Katzensprung entfernt lag, und die Wohnpreise in Erlenbach viel niedriger lagen. Das Fachwerkhaus hatte einen kleinen Garten, und die zwei Wohnungen im Obergeschoss hatten Westbalkone mit leeren Blumenkästen. Am Gartenzaun wurden sie von einem Mann mit etwa Anfang siebzig, misstrauisch beäugt. Tönz zog seinen Ausweis.

„Guten Abend, wir sind von der Kripo Zürich. Mein Name ist Tönz, und das ist der Kollege Sutter. Könnten wir Sie ein paar Minuten sprechen? Sind Sie Herr Weckerli?"

Sie wussten von der Recherche im Büro, dass außer Isabelle Werthmann, noch das Eigentümerpaar namens Weckerli, und eine alleinstehende Frau Wachter hier wohnten. Der Alte, mit weißem Haarkranz und dicker Wampe, sah sie an, als ob sie Marsmännchen wären. „Kripo? Was ist denn jetzt schon wieder passiert? Nur schreckliche Meldungen pausenlos."

„Es geht um Isabelle Werthmann, die hier wohnte."

„Wohnte? Was soll das heißen? Hab Sie doch erst gestern noch gesehen?"

„Es ist leider was Schreckliches passiert. Können wir mal kurz zu Ihnen reingehen?"

Er zögerte etwas und antwortete nach kurzer Pause widerwillig: „Gut, kommen Sie mit. Ich hoffe, meine Frau verkraftet das, sie hat ein schwaches Herz." Sie schritten durch die Haustür, rochen gebackenen Kuchen, und gingen weiter in eine Art Wohnküche. Dort stand eine mollige Frau mit gefärbten braunen Haaren. Sie hatte tiefe Furchen im Gesicht und trug eine dicke Hornbrille aus den 70er Jahren.

„Magda, nicht erschrecken. Die Herren sind von der Polizei. Kein Grund zur Aufregung." Die alte Dame, die vor einem Backofen stand, war anscheinend etwas schwerhörig da ihr Mann fast brüllte.

Sie saßen sich auf eine bunt gemusterte Eckbank, die leicht gepolstert war. An der Ecke stand ein zweitüriger Bauernschrank mit schön gemalter Vorderfont. An den Wänden hingen alte Gemälde von Zürich, die zeigten, wie die Stadt vor einem halben Jahrhundert noch aussah.

„Also, was ist mit ihr passiert", fragte Weckerli.

„Sie wurde Opfer eines Überfalls in der U-Bahnstation", antwortete Tönz.

„Überfall?" Er zog seine buschigen Augenbrauen, die mit schwarz in starkem Kontrast zu seinem Haarkranz standen, nach oben.

„Wer hat sie überfallen? Jugendliche? Die werden hier auch immer schlimmer."

„Nein, keine Jugendlichen. Vermutlich zwei Männer, mittleren Alters."

Dann stand auf einmal Magda Weckerli vor ihrem Tisch und starrte sie ganz entgeistert an. Anscheinend hörte sie doch nicht ganz so schlecht, da die Kommissare nicht so brüllten wie ihr Mann. „Mein Gott. Überfallen?", schluchzte sie erschüttert. „Hat man sie beraubt?"

„So, wie es aussieht, nicht. Es war Mord."

„Mord? Um Himmels Willen. Wer tut so was?"

„Das ist der Grund, warum wir hier sind", meinte Tönz. „Wir wollen es schnellstmöglich herausfinden. „War Frau Werthmann hier schon lange Mieterin?"

„Seit 2012", antwortete Weckerli. „Sie kam nach der Trennung von ihrem Mann hierher, ich glaube vor knapp drei Jahren. Sie war ruhig und hat immer pünktlich ihre Miete bezahlt. Wenn nur alle Mieter so wären."

„Herr und Frau Weckerli", fragte Tönz, und sah sie dabei abwechselnd an. „Hatte Frau Werthmann vielleicht Feinde? Hatte sie mal Besuch wo es hörbaren Streit gab? Gab es neue Männer-Bekanntschaften in ihrem Leben?"

Die alte Weckerli ergriff das Wort: „Nein, sie bekam nicht häufig Besuch. Männer hab ich nie in ihrer Begleitung gesehen seit sie bei uns wohnte. Sie ging nur einmal in der Woche zum schwimmen und saunieren, manchmal auch etwas wandern."

„Hatte sie vielleicht Ärger auf ihrer Arbeit?", wollte Tönz wissen.

„Nicht, das ich wüsste", meinte Frau Weckerli, und auch ihr Mann schüttelte energisch den Kopf.

„Hatte sie Kinder?", fragte Sutter.

„Ja, einen Sohn und eine Tochter", erwiderte Magda Weckerli. „Tatjana wohnt mit ihrem Mann in Grünwald bei München. Und ihr Sohn studiert in Konstanz im letzten Semester. Er war der Nachzügler, als sie bereits zweiundvierzig war. Er hat sie alle zwei – bis drei Monate hier besucht. In ihrer Wohnung sind einige Bilder von den beiden. Die Bilder mit ihrem Exmann hat sie zerstört vor Wut, weil er sie wegen einer Jüngeren nach fast dreißig Jahren verließ. So ein elender Schuft. Mein Gott! Wir müssen sofort die beiden Kinder informieren."

„Das werden wir machen", beruhigte sie Sutter und sah, dass die ältere Frau mit den Tränen kämpfte. „Sie scheinen ja doch einiges zu wissen. Haben sie öfter zusammengesessen?"

„Ich bin mit ihr am Anfang, als sie einzog, öfters wandern gegangen. Dann wurde das mit meinem Herz immer schlimmer, es blieb schließlich beim Kaffeeklatsch, alle vierzehn Tage. Aber da erzählt man sich ja auch einiges. Aber Feinde hatte sie keine, da hätte sie was erwähnt."

„Könnten wir mal ihre Wohnung sehen?", fragte Tönz und

108

sah auf seine Armbanduhr.

„Kein Problem, ich hole gleich den Zweitschlüssel", sagte Weckerli. „Du kannst hierbleiben, Magda."

Er ging in die Küche, wo an der Wand an fünf Haken mehrere Schlüsselbünde hingen.

„Hat außer Ihnen noch jemand Schlüssel?", fragte Sutter.

„Nein. Frau Werthmann hatte zwei, und wir als Vermieter einen. Aber vielleicht hat sie einen ihrer beiden, den Kindern gegeben. Warum, ist das von Bedeutung?"

„Eigentlich nicht, aber wir sollten ein weiteres Mal in die Wohnung gehen, mit unseren Spurensicherern. Wir werden uns jetzt nur oberflächig umsehen."

„Oh, mein Gott! Kommen dann diese Männer, in diesen komischen weißen Anzügen, wie in diesen Tatort-Filmen?"

„Nein, keine Angst", beruhigte Sutter sie. „Das wäre nur dann gewesen, wenn sich das Verbrechen hier ereignet hätte. Es kommen nur zwei Kollegen in Zivil."

„Gut", wirkte Weckerli auf einmal genervt. „Dann müssen sich halt Ihre Kollegen einen Tag vorher bei uns melden, dass sie auch reinkönnen. Und dann werden wir eh, wenn sie alles konfisziert haben, die Schlösser an der Wohnung austauschen. Schließlich müssen wir die Wohnung ja wieder vermieten, verstehen Sie?"

„Natürlich", meinte Sutter, und sie gingen hinter ihm her durchs Treppenhaus. In Isabelle Werthmanns Wohnung war alles fein säuberlich aufgeräumt. Sie bewohnte eine Dreizimmerwohnung mit schlichter Einrichtung. Wohnzimmer mit Couchgarnitur und viel Pflanzen, Schlafzimmer mit einem Polsterbett und einem dreitürigen weißen Schrank, sowie eine Küche mit Eckbank und einem Stuhl. Dann hatte sie noch ein kleines Zimmer, das sie als Büro – oder Lesezimmer nutzte. Auf einigen Bildern sah man sie und ihre Kinder. Mindestens fünfhundert Bücher lagen auf Regalen, Sideboards und dem breiten Eichenschreibtisch. „Da sieht man die Buchhändlerin", meinte Tönz und entnahm aus einem Wandregal ein Buch von Agatha Christie. Sutter zog die Schubladen des Schreibtischs heraus, und wühlte in diversem Papierkram. Nach einer halben Stunde gab Tönz das Signal zum Aufbruch. „Nichts, was uns jetzt weiterhelfen könnte, oder haben Sie was Interessantes gefunden, Sutter?"

„Ich weiß nicht, ob es von Bedeutung ist. Aber schauen Sie mal, was ich hier habe." Er hielt einen Zettel in der Hand.

„Was ist das? Ein Arzt-Rezept?"

„Man merkt, Sie waren noch nie krankgeschrieben, Herr Tönz. Das ist eine Krankmeldung von Frau Werthmann."

„Und, was soll daran so außergewöhnlich sein? Sie war ja nicht mehr die Jüngste, da kann man schon mal krank sein."

„Sicher, aber normalerweise geht doch niemand zur Arbeit wenn man krankgeschrieben ist. Aber das war bei ihr anscheinend der Fall. Sie hätte die ganze Woche nicht zu ihrem Arbeitgeber gehen dürfen, und hat`s trotzdem gemacht. Die Arbeitsunfähigkeitsbescheinigung gilt seit fünf Tagen, und noch bis Mitte der nächsten Woche."

„Sie hatte bestimmt Angst wegen einer Entlassung, und hat

halt trotz der Bescheinigung gearbeitet. So was kommt gelegentlich schon vor", meinte Tönz lapidar.

„Mag sein, aber vielleicht sollten wir trotzdem mal ihren Hausarzt konsultieren, was sie denn überhaupt hatte?"

„Meinetwegen, nehmen Sie den Wisch mit. Machen wir, dass wir hier wegkommen. Die Kollegen sollen hier die Wohnung genauer unter die Lupe nehmen, wir haben Wichtigeres zutun. Außerdem brauch ich jetzt endlich was zum beißen, mein Magen knurrt schon.

KAPITEL 19

Zürich (Altstadt), 19.30 Uhr

Nachdem ich mich am Nachmittag von Nadja verabschiedet hatte, deckte ich mich noch im Bahnhof in Konstanz mit allerlei Leckereien ein, wie: Chips, Erdnüsse, Dosenbier und Haribo Goldbärchen. Obwohl mir bewusst war, dass ich das in jeder Minibar auch kriegen würde, schimmerte so was wie Geiz bei mir durch, trotz der 32 000 Euro im Auto. Außerdem knabberte ich auch gern während der Autofahrt. Irgendwann kurz vor achtzehn Uhr fuhr ich dann los, als sich kaum noch ein Mensch an der Promenade aufhielt. Für die Fahrt nach Zürich benötigte ich gut eine Stunde bei ruhiger Verkehrslage. Auch in der City waren kaum Fahrzeuge unterwegs, als ich das Hotel ansteuerte. Ich beherzigte den Ratschlag von Nadja und buchte noch in Konstanz ein Zimmer im Theater-Hotel. Dort waren noch genügend Zimmer frei, und ich nahm eine Suite mit Berg – und Seeblick. Man gönnt sich ja sonst nichts. Das Hotel lag in idealer Lage zwischen Seepromenade und der historischen Altstadt. Als ich fünfzig Meter vor dem Hotel war, sah es gerade aus, als ob die Spitzen der markanten Großmünster-Türme den Rest der Sonnenkugel aufspießen würden. Ein traumhaftes Schauspiel und wunderbares Motiv für jede Ansichtskarte. Ich fuhr das kleine Hotel von der Rückseite an und bekam problemlos einen der zehn Stellplätze. Dann schnappte ich meine Tasche, umlief das ältere, kunstvoll verzierte Gebäude und steuerte die Rezeption an. Diesmal erwartete mich kein attraktiver Empfang, sondern ein kleiner, dunkelhäutiger Mann um die vierzig, der durchaus von Pakistan stammen konnte. Er sah mich grimmig an, und bat mich in gebrochenem Deutsch um meinen Ausweis. Ich tat ihm den Gefallen, und fragte beiläufig, ob er mir hundert Franken für hundert Euro geben würde. Er meinte, das wäre zu wenig, ich solle ihm fünf Euro mehr geben, dafür müsste ich keine Gebühren wie auf der Bank bezahlen. Ich tat ihm den Gefallen, sonst hätte ich womöglich noch zum Bahnhof oder an einen Automaten gehen müssen, dazu hatte ich jetzt keine Lust mehr. Er strahlte und überreichte mir den Schlüssel mit der Nummer 26. Er meinte, das wäre das schönste Zimmer im ganzen Haus. Ich tat so, als glaubte ich ihm. Somit waren wir beide zufrieden und ich packte wieder meine Sportasche um aufs Zimmer zulaufen.

„Frühstück von sieben bis zehn Uhr", sagte er, als ich gerade gehen wollte. „Soll ich tragen die Tasche in Zimmer?", fragte er, weil er wahrscheinlich noch Trinkgeld benötigte. Ich lehnte dankend ab, und er wünschte mir noch einen schönen Abend. Damit er auch einen hatte, schenkte ich ihm noch einen Zehner, vielleicht würde das seine Laune noch weiter verbessern. Dann lief ich eilig mit der Tasche aufs Zimmer, es gab keinen Aufzug, dazu war das Hotel zu klein. Ich durfte nicht weiter trödeln, es war kurz nach halb acht mittlerweile. Ich musste Nadja gleich vom Zimmer aus anrufen. Alles im Hotel war geschmackvoll: die Farbe der Teppiche im Eingangsbereich, die Stoffbezüge der antiken Möbel und die wertvollen Tapeten. Ich bewunderte, wie harmonisch sich alles zusammenfügte, als habe es sich über Jahrhunderte hin so entwickelt. Nadja`s Tipp war exzellent, die Frau hatte wirklich Geschmack. Kein Wunder, dass sie sich mit mir treffen wollte. Der Blick aus dem Fenster erstreckte sich bis weit über den großen See bis zu den schneebedeckten 4000er der Schweizer Alpen. Das ganze Ambiente des Hotels, innen wie außen, sollte an ein mondänes Theaterhaus der 1950er Jahre erinnern. Bevor ich meine Tasche auspackte, griff ich zum Handy und rief Nadja an. Es war zwanzig vor acht mittlerweile. Hoffentlich war Nadja nicht sauer, das ich leicht verspätet anrief.

„Paul, ich dachte schon, du meldest dich nicht mehr", sagte sie hocherfreut. Es klang auf jeden Fall ehrlich. „Wo bist du eingecheckt?"

„Im Theater-Hotel, wie von dir empfohlen."

„Gute Entscheidung, mein Lieber. Ich kenne das schnucklige Haus schon lange, das gibt`s schon seit fast neunzig Jahren. Passt hervorragend in die malerische Altstadt, und was noch viel besser ist: Ich wohne nur hundertfünfzig Meter davon entfernt."

Na, dann kann ja nichts mehr schiefgehen, dachte ich.

„Wo gehen wir zum Essen hin?", fragte ich. „Ich habe einen riesigen Kohldampf."

„Wir gehen in den „Vorderen Sternen", in der Zinnengasse, ein altes Traditionslokal."

„Wo liegt das?"

„Maximal zweihundert Meter von dir. Schau auf den Stadtplan, der an eurer Rezeption ausliegt. Ich reserviere einen Tisch um 20.45 Uhr. Wir treffen uns dann im Lokal. Ich habe auf „Lück" reserviert, falls du vor mir da bist."

„Alles klar. Ich freu mich."

„Ich mich auch. Bis gleich."

Dann räumte ich meine Tasche aus und stieg unter die Dusche. Als ich mich abtrocknete, warf ich nochmals einen Blick aus dem Fenster. Es war jetzt fast dunkel, und ich sah das prächtige Opernhaus das hell beleuchtet war, wie auch der Rest der hübschen Altstadt. Dann widmete ich mich noch einer gründlichen Rasur, „unten und oben". Als ich fertig war, zog ich ein beiges Leinenhemd, meine Hiking-schuhe und meine Lederjacke an. Es war jetzt 20.19 Uhr. Bevor ich das Zimmer verließ, schrieb ich noch eine Notiz auf einen Schmierzettel:

WICHTIG! MORGEN NACH DEM FRÜHSTÜCK UNBEDINGT ELEGANTE HALBSCHUHE KAUFEN!

KAPITEL 20

Spät am Abend, später als sonst, war Alexandra Frey im Jogging-Dress noch unterwegs. Sie lief wie immer viermal pro Woche entlang des Zürichsee-Ufers, unterhalb der Altstadt. Als vorbeugende Maßnahme gegen die Schoko-Osterhasen und die ganzen Leckereien, die es jetzt am Wochenende gab. Und ihre Mutter war bekannt für deftige Braten und Soßen mit kalorienhaltigen Beilagen. Bei ihr war sie am Ostersonntag und Montag eingeladen. Jede Einladung bei ihrer Mutter war mit „Hüft und – Bauchspeckgefahr" verbunden.

Alexandra mochte die frühabendliche Ruhe, da war sie meistens allein beim Joggen. Auch Nässe machte ihr nichts aus, die glitzernden Asphaltstreifen und die feuchtkalte Luft beflügelten ihre Atemwege. Und dann die leuchtenden Fassaden der Altstadt und am Ufer, sie hatten fast schon was Romantisches. Sie war eine der wenigen Frauen, die sich überhaupt trauten um diese Zeit zulaufen. Viele hatten Angst vor pöbelnden Jugendlichen, Landstreichern oder Betrunkenen, die vielleicht um diese Zeit unterwegs sein konnten. Aber Alexandra hatte keine Angst vor derlei Situationen, sie war mit drei älteren Brüdern aufgewachsen und von Kindesbeinen an gewohnt, sich durchzusetzen, zur Not auch mit körperlichem Einsatz. Ihr ältester Bruder Roman, der sich in den 90er Jahren regelmäßig Schlägereien mit den (damals) Ortsansässigen „Swiss Angels" geliefert hatte, war selbst nicht sonderlich groß und stark gewesen, aber meist siegreich aus seinen Kämpfen hervorgegangen. Er hatte ihr erklärt, dass es bei diesen zum Teil sehr gewalttätigen Auseinandersetzungen nicht in erster Linie auf körperliche Stärke ankam, sondern auf Skrupellosigkeit. Nicht zögern, sondern als Erster zuschlagen, und das mit gnadenloser Härte. Seit anderthalb Jahren besuchte sie auch einen Karatekurs, speziell für Frauen, das gab noch zusätzliches Selbstvertrauen. Einmal letzten Herbst hatte es ihr bereits geholfen, als sie einen angetrunkenen Penner mit zwei schnellen Schlägen sekundenschnell zu Boden schlug. Der Typ hatte gedacht, er könne sich ihr in den Weg stellen um sie zu begrapschen. Aber so schnell konnte er gar nicht mehr schauen, wie ihre Tritte gegen seinen Hals und seine beschissenen Eier kamen. Wie ein angeschossener Wolf heulte er, krümmte sich, und fiel dann wie ein nasser Sack auf den Boden. Aber das war ihr scheißegal, sie lief einfach weiter, als ob nichts gewesen wäre.

Heute lief sie mit Stirnlampe auf dem Kopf, obwohl entlang der Promenade und des Uferwegs alles gut beleuchtet war. Nach dem Laufen war nur noch eine warme Dusche und ein fettarmer Quark angesagt. Das sollte vor den bevorstehenden Kalorienbomben in den nächsten Tagen reichen. Danach würde sie ihren kleinen Rucksack für morgen packen, und es sich auf der Couch gemütlich machen. Es kam ja noch der Bond-Film „Skyfall", mit ihrem Lieblings-Bond, Daniel Craig. Endlich mal ein blonder, blauäugiger 007. Sicher kein Schönling, aber gutgebaut mit stahlblauen Augen und kantigen Zügen. Sie war seit einem Jahr Single und hatte heute keine Lust mehr, sich mit ihren drei Freundinnen noch ins Nachtleben zu stürzen. Und morgen früh um neun Uhr dreißig, fuhr der ICE nach Genf. Das Ticket hatte sie sich schon vor Tagen geholt. In Genf, wo sie zuvor studierte, da war alles noch anders. Da traf sie sich mit ihrer Clique jeden Freitag, und sie waren immer bis in den frühen Morgenstunden unterwegs gewesen. Einige von ihnen würde sie am Sonntag wiedersehen, darauf freute sie sich schon sehr.

Soweit der Plan.

Die zweiundzwanzigjährige schwelgte schon so in großer Vorfreude, dass sie sich nichts dabei dachte, als sie auf einmal das Keuchen eines anderen Joggers bemerkte.

„Schlechte Atmung", dachte sie, als er sich unmittelbar hinter ihr befand. Er würde sie bestimmt wie die meisten Männer überholen, denn sie lief nie besonders schnell. Die brünette Studentin teilte sich ihre Kräfte auf den acht Kilometern immer gut ein. Auch als der hochgewachsene Jogger schon sehr nahe hinter ihr lief, wurde sie noch nicht stutzig. Das war ihr größter Fehler.

Sie blickte sich um, und roch dabei seinen unkontrollierten, miefigen Atem, fast wie der eines Rauchers. Fast wirkte er gehetzt. Als sie noch weiter verlangsamte, machte er das gleiche.

Vielleicht war das seine Anmachtour?

„Hi, was ………?". Die restlichen Worte konnte sie nicht mehr aussprechen. Blitzschnell hatte der Fremde eine Schlinge wie ein Lasso ausgeworfen, dass sich über ihren Hals legte. Sie versuchte zwei Dinge gleichzeitig: Zuerst einen Finger unter die Schlinge zu bekommen, zum anderen einen Tritt mit dem Fuß anzusetzen. Nur eines gelang. Sie bekam einen Daumen unter die Schlinge, der sie aber nicht mehr retten konnte. Als der Mann mit brachialer Gewalt zuzog, blieb ihr sofort die Luft weg und ihr Daumen wurde abgeschnürt. Ihr angesetzter Tritt verpuffte wirkungslos ins Leere. Panik machte sich breit, sie wollte noch nicht sterben. Dann ging es nur noch um Sekunden. Ihre Luftzufuhr war zu Ende, dass Gesicht lief blau an, und ihr Gehirn verstand ohne Luft nicht mehr was es tun sollte. Einen Schrei auszustoßen war nicht mehr möglich. Ihr wurde schwarz vor Augen, und sie konnte sich nicht einmal mehr die Frage stellen, warum sie so grausam ersticken musste.

Als sie die letzten Zuckungen von sich gab, vernahm der Killer auf einmal einen brüllenden männlichen Schrei, und hielt sofort inne.

Alexandra hörte bereits nichts mehr davon.

KAPITEL 21

Seepromenade, 20.20 Uhr

Zwanzig nach acht hatte ich das Hotel verlassen. Zum „Vorderen Sternen" würde ich auch in langsamen Tempo keine zehn Minuten brauchen, außer ich blieb zehnmal stehen. Ich hatte keine feinen Klamotten dabei, und hoffte es war kein „Schicki-Micki-Lokal". Jeans, Leinenhemd und meine geliebte Lederjacke (die immerhin vor sieben Jahren mal 300 Euro gekostet hatte) sollten reichen. Dazu zog ich meine braunen Hikingschuhe an, die ich erst letzte Woche zum EK-Preis in unserem Geschäft gekauft hatte. Slipper oder Halbschuhe wären mit Sicherheit passender, aber ich hatte sonst nur noch meine Clogs dabei, und die waren nur tagsüber geeignet. Ich hatte ja morgen Zeit genug für einen ausgedehnten Einkaufsbummel in der City. Da ich noch gut in der Zeit lag und ungern alleine am Tisch saß, wählte ich den längeren Weg entlang der Limmat, dem großen Fluss, der der Stadt noch ein attraktiveres Aussehen gab.

Es war schon fast dunkel, und eine frische, kühle Brise blies mir ins Gesicht. Links von mir sah ich in beleuchteter Pracht das „Fraumünster", eine der berühmten Altstadtkirchen von Zürich, mit Fenstern von Chagall und Giacometti. Auf dem breiten Weg auf dem ich spazierte, waren erstaunlicherweise kaum Leute um diese Zeit unterwegs. Vielleicht fiel mir deshalb sofort eine schockierende Szene auf:

Unweit vor mir, vielleicht höchstens hundert Meter, sah es so aus als würde ein Kerl eine Frau erwürgen!

Ein Mann meiner Statur, zog vermutlich an einer Schlinge, und wollte damit eine junge Frau in sportlichem Dress erdrosseln.

Keine Zeit zum Überlegen.

Keine Zeit die Polizei anzurufen.

Ich brüllte: „Dreckskerl! Loslassen!". Während der letzten Silbe sprintete ich los. Ich benötigte bei der Bundeswehr (vor 16 Jahren) genau 11,2 Sekunden auf 100 Meter, vielleicht wären es jetzt 11,5 gewesen. Ich kam aber keine hundert Meter mehr weit. Zehn Meter vor den beiden passierte etwas, dass ich nicht rechtzeitig sehen konnte;

Ich stolperte über ein Hinderniss!

Es war ein ausgestreckter Fuß, den ich in dem Dämmerlicht nicht ansatzweise erkennen konnte. Zumal meine Augen wie gebannt auf den Killer fixiert waren. Jemand hatte sich im Gebüsch versteckt und mir das Bein gestellt. Ich verlor für Sekundenbruchteile den Bodenkontakt und knallte auf den Asphalt. Geistesgegenwärtig riss ich meine Hände nach vorn um den Sturz abzufedern. Dabei hatte ich das Gefühl mein rechtes Handgelenk brach beim Aufprall. Es gab ein leichtes Knacken, dann rollte ich zur Seite ab.

Jemand trat aus dem Gebüsch.

Der Kerl, der mir das Bein gestellt hatte! Bevor ich mich wieder aufrappeln konnte, was nur mithilfe meiner linken Hand möglich war, bekam ich einen Fußtritt in den Magen. Mir blieb die Luft weg und ich sah nur noch flimmernde Sterne. Trotzdem gelang es mir noch etwas zur Seite zu rollen, um dem nächsten Tritt auszuweichen. Der Schuh streifte mich nur. Jetzt war der zweite Typ in meinem Rücken, die Situation wurde unerträglich. Wenn keine Hilfe kam, würden die Typen mich womöglich in den Rollstuhl treten. Vielleicht käme dann ein weiteres Mal ihre Schlinge zum Einsatz.

Da hörte ich meine Rettung: Eine Polizeisirene! Gott sei Dank. Schemenhaft erkannte ich die beiden dunklen Gestalten über mir.

„Vybrat`sya otsyuda!", schrie der Größere der beiden, dann sah ich nur noch ihre Hacken. Am Boden liegend, keine zwanzig Meter von mir, sah ich die junge Joggerin. Sie lag verkrümmt am Boden, und ihre offenen Augen starrten unbeweglich auf den dunklen Nachthimmel.

KAPITEL 22

Zwei Minuten später

Mühsam rappelte ich mich hoch und wollte nach dem Mädchen sehen, als auf einmal mehrere Personen um mich herumstanden. Zum einen, eine Schar von Polizisten, sechs um genau zu sein, zum anderen Nadja, die mich besorgt ansah und ihre Hand auf meine Schulter legte.

„Wie geht's dir, Paul?", fragte sie zuerst.

„Im Vergleich zu der Joggerin hervorragend. Ist sie…..?"

„Schaut so aus. Ein Notarzt untersucht sie gerade, aber ich befürchte, es ist zu spät. Du hättest fünf Minuten früher starten sollen, dann hätte sie vielleicht noch überlebt."

„Bin ich Hellseher oder was?", antwortete ich gereizt.

„Verzeih, dass war kein Vorwurf, sondern nur eine Vermutung. Brauchst du einen Arzt?", fragte sie, und streichelte über meinen Arm um mich zu beruhigen. Mein Puls hämmerte immer noch wie nach einem Berglauf.

„Nein, nur leichte Prellungen", antwortete ich, obwohl sich mein Magen anfühlte, als wäre ich von einem Pferd getreten worden. Auch meine linke Hand schmerzte teuflisch. „Vielleicht könnte der Arzt nur meine Hand ansehen", sagte ich deshalb vorsichtshalber.

„Okay, ich sag`s ihm gleich, es kommen auch noch Sanitäter."

Mit leicht zittrigen Knien sah ich, wie die junge Frau untersucht wurde. Mittlerweile waren nicht nur uniformierte Beamte, sondern auch Polizisten in Zivil am Tatort. Zwei von ihnen kamen auf mich zu. Ein Mann Ende fünfzig, und ein Kollege, der sein Sohn sein konnte. Zumindest was das Alter betraf.

„Kommissar Tönz, Kripo Zürich. Das ist mein Kollege Sutter. Können Sie die Täter beschreiben?", fragte der Ältere.

„Nein, ich habe sie bei der Dunkelheit nur sehr schlecht gesehen. Vom Zweiten nur die Umrisse. Er stand im Gebüsch und hat mir ein Bein gestellt, als ich auf den anderen zusprintete."

„Größe, Haarfarbe, gar nichts?"

„Der sie erdrosselte, hatte ungefähr meine Statur, vielleicht etwas kräftiger. Den anderen hab ich so gut wie gar nicht gesehen. Nur Sekundenbruchteile, als ich auf dem Boden lag. Aber er war auf jeden Fall deutlich kleiner."

„Waren Sie hier spazieren?"

„Ja, ich war auf dem Weg zu einem Lokal, weil ich eine Verabredung mit der Dame da vorn hatte." Ich zeigte auf Nadja. Sie stand bei der Toten und fotografierte sie. Keiner der Anwesenden hatte was dagegen.

„Aha, Frau Lück", meinte Tönz spöttisch. „Wo die ist, ist meistens was los."

Ein Sanitäter kam zu mir und musterte meine Hand, die ich mit der anderen hielt. „Lassen Sie mal sehen." Er tastete sie ab und bog sie leicht nach allen Seiten.

„Aua", schrie ich.

„Glück gehabt, gebrochen ist vermutlich nichts", meinte er. „Ich lege Ihnen aber schnell einen Verband an, zur Stabilisierung. Lassen sie sich vorsichtshalber morgen oder am Dienstag röntgen, im Unispital geht das jederzeit."

„Mach ich."

Derweil befahl der ältere Kripobeamte seinem jüngeren Kollegen: „Sutter, nehmen Sie die Personalien dieses Herrn auf, falls wir ihn nochmals brauchen. Ich geh mal zur Chefin."

Er ging zehn Meter weiter, wo ein Team der Spurensicherung mit einem Arzt die Leiche inspizierte. Da zahlreiche Fotos geschossen wurden, und der Tatort mittlerweile weiträumig abgeriegelt war, wusste ich, was ich bereits vor einigen Minuten ahnte: Dem Mädchen war nicht mehr zuhelfen, ein junges Leben ausgelöscht.

Erstaunlich beobachtete ich, wie sich Nadja mit mehreren Polizisten, auch einer Dame in Zivil, unterhielt, als wäre sie Dauergast bei solchen Schauplätzen.

Journalisten werden doch (meistens) eher von Polizisten gemieden?, dachte ich.

Vielleicht hatte ich aber auch nur zu viel Krimis gesehen, in der Realität ist doch einiges ganz anders.

Nadja schritt wieder auf mich zu und betrachtete meine bandagierte Hand. „Hast du überhaupt noch Lust mit mir zum Essen zugehen? Oder, ist dir aufgrund des Vorfalls der Appetit vergangen?"

„Jetzt erst recht", sagte ich, und wir liefen zwei Minuten

später los.

Mein Puls legte sich langsam, und wir marschierten schweigend Richtung Altstadt.

Dabei fiel mir gar nicht mehr auf, dass mich ein Mann aus der angewachsenen Schar der Neugierigen, unauffällig fotografierte.

KAPITEL 23

Wenige Minuten später im „Vorderen Sternen"

Obwohl es nach einundzwanzig Uhr war, bekamen wir noch problemlos unseren Platz. Nadjas Name stand auf einem Tisch für vier Personen, direkt am Fenster mit Blick auf die Limmat. Wie mir Nadja erklärte, war das Traditionshaus beim Bellevue vor allem wegen des Wurststands berühmt, doch der „Sternen" hatte weit mehr zu bieten.

„Ich habe angerufen als die Polizei dich vernahm, und hab dem Kellner gesagt, dass wir uns um eine Dreiviertelstunde verspäten", sagte sie bedrückt. „Mir war klar, dass wenn du nicht schwerer verletzt bist, unserem Essen hier nichts im Wege steht. Sonst wäre ich auch alleine hierher, ich bin häufiger hier. Bestell dir was Feines, hier ist eine vorzügliche Schweizer Küche. Wirklich nur vom Besten. "

„Was empfiehlst du denn?", fragte ich beim studieren der Karte.

„Das Zürcher Geschnetzeltes, das Cordon bleu oder das zarte Filet „Stroganoff", schmecken hervorragend. Und natürlich die knusprigen Rösti, die sind auch ein Klassiker."

Kurz darauf, bestellte ich das Filet mit Pommes und einen großen Salatteller. Sie nahm das Geschnetzelte mit Kartoffelpuree und Gemüseplatte. Zum Trinken bestellten wir zusammen eine Flasche Rotwein und einen Liter Mineralwasser. Beim Blick aus dem Fenster sahen wir einen Teil der beleuchteten Altstadt, mit dem barocken Bau des Grossmünsters und seinen markanten Doppeltürmen, sowie die zunehmende Schar von Nachtschwärmern.

„Wer hat eigentlich die Polizei verständigt bei dem Überfall?", fragte ich sie, nachdem wir die Getränke bekommen hatten.

„Ein deutscher Tourist aus einem Hotelzimmer beim Bellevueplatz, der gerade den Sonnenuntergang gefilmt hatte. Er hörte den lauten Schrei von dir, und sah dann die Strangulation der Frau. Dann rief er sofort den Notruf an, die Kriminalpolizei liegt ja in ihrem Gebäude am Rathaus, nur dreihundert Meter vom Tatort entfernt."

„Und, du hast auch gleich davon erfahren?"

„Ich war wie du, auf dem Weg zum Lokal hierher. Als ich die Sirenen hörte, bin ich ihnen einfach gefolgt. Dann sah ich dich und das ganze Szenario."

Es gab nichts, was ich an ihren Antworten bezweifeln würde. Alles klang plausibel. Warum hätte sie mich auch anlügen sollen?

Das Essen war, wie von ihr schon prognostiziert, einfach fabelhaft, wobei ich auch alles andere als anspruchsvoll bin. Wir erzählten viel über unser Privatleben, und versuchten den schrecklichen Vorfall möglichst schnell zu verdrängen, was nur schwerlich gelang. Demzufolge war die Stimmung etwas bedrückt. Zum Schluss aßen wir noch einen kleinen Obstteller, bis Nadja um halb zwölf meinte:

„Was hältst du von einem Stellungswechsel? Vielleicht in eine schicke Bar, hier in der Nähe?"

„Stellungswechsel" klang immer gut, zumal wir in den letzten Stunden kaum Gelegenheit hatten, auf „Tuchfühlung" zukommen. Bestimmt hatte jeder noch genügend Geheimnisse, die er dem anderen noch nicht anvertrauen wollte. Das Ambiente und das Lokal waren zwar hervorragend, aber eine schummrige Bar oder Tanzlokal würde die Stimmung bestimmt schlagartig verbessern. Deshalb war ich gespannt auf ihren Vorschlag.

„Du kennst dich ja gut aus. Was empfiehlst du?"

„Das „Adagio", einen sehr angesagten Szenetreff schon seit über zehn Jahren. Da können wir auch gut hinlaufen. Wir gehen gleich da vorn über die Quaibrücke, dann sind wir schon am Bürkliplatz. Dann sind`s noch höchstens hundert Meter. Wenn du willst, können wir auch ein Taxi nehmen?"

„Nein, es ist ja trocken. Und eure wunderschöne Altstadt sieht man dann ja auch viel besser. Wir werden doch hoffentlich nicht wieder in eine heikle Situation kommen."

„Wird schon gutgehen", meinte sie lächelnd. „Eigentlich ist Zürich eine sehr sichere Stadt, auch nachts. Aber wie gesagt, wir können auch ein Taxi nehmen. Wie geht's deiner Hand und dem Magen?"

„Gut, nur eine Schlägerei wäre jetzt schlecht für die Heilung", antwortete ich sarkastisch.

Wie auf Kommando streichelte sie mir, mit ihrer rechten Hand über meine. „Tut mir leid, dass dir das passiert ist. Und ich muss wirklich sagen, du bist unheimlich mutig. Andere Personen hätten, wenn überhaupt, nur die Polizei gerufen. Nur wenige haben soviel Zivilcourage."

„Da hast du recht. Die meisten Leute haben bei solchen Situationen Angst, vor allem wenn sie allein sind."

Obwohl ich sie erst wenige Stunden kannte, erinnerte ich mich immer mehr an den Western: „Leichen pflastern seinen Weg". Irgendwie hatte ich langsam das Gefühl, sie zog die Gefahr geradezu magisch an, warum auch immer. Trotzdem schlug ich vor: „Dann würde ich sagen, wir zahlen langsam und brechen dann auf." Dann hielt ich kurz inne.

„Aber jetzt fällt mir gerade noch was ein: Konnte man eigentlich das ermordete Mädchen identifizieren?"

Sie winkte dem Kellner, der gleich gesprungen kam. Sie bestand vehement darauf, mich einladen „ zu dürfen". Warum auch nicht, schließlich kommt das bei Frauen nicht allzu häufig vor. Nachdem der Kellner wieder verschwunden war, beantwortete sie meine Frage: „Sie wurde identifiziert, und zwar von mir. Sie hatte sich letzte Woche in unserem Verlag vorgestellt, weil sie nächsten Monat bei uns ein Praktikum beginnen wollte."

KAPITEL 24

Zur selben Zeit am Paradeplatz (Zürich)

„Ich dachte, ihr seid Profis?", echauffierte sich der Mann mit Strohhut und Geißenpeter-Bart. „Stattdessen lasst ihr einen Zeugen laufen und die ganze Altstadt wimmelt nur so von Bullen."

Blacky und Blondy sahen ihn an und ließen ihn gewähren. Noch ein Auftrag, und der Typ würde wie die anderen das Zeitliche segnen. Sie warteten nur noch den großen Zahltag ab.

„Das war Pech und Zufall", antwortete Blacky ganz ruhig. „Auch an solchen Stellen kann immer mal jemand um die Zeit auftauchen. Deshalb hat Blondy ja auch im Busch Schmiere gestanden, wir waren bestens darauf vorbereitet. Ansonsten hätten wir die Kleine daheim liquidieren müssen. Sie ist nicht sonderlich viel unterwegs, wir haben sie tagelang beobachtet. Ich bin dem Mädchen einen halben Kilometer hinterher gelaufen, bis mir die Zunge aus dem Hals hing. Der Promenadenweg auf Höhe vom Opernhaus, war am dunkelsten und geringsten frequentiert. Hätten wir sie daheim oder beim Einkaufen abmurksen sollen?"

„Wäre vielleicht besser gewesen. Seid ihr euch eigentlich überhaupt sicher, dass euch auch niemand gesehen hat? Wo kam der Typ denn auf einmal her?"

Wie immer antwortete Blacky: „Er war das einzige Unsicherheitsrisiko. Wäre er nicht aufgetaucht, hätte uns niemand zu zweit gesehen. So musste Blondy gezwungenermaßen eingreifen, sonst hätte es womöglich zu lange gedauert. Wir konnten gerade noch fliehen, zwei Minuten bevor die Polizei eintraf. Aber der Kerl konnte uns mit Sicherheit nicht erkennen. Als er auf mich zustürmte, fiel er auch schon auf den Boden und wir waren gleich bei ihm. Wäre die Polizei eine Minute später gekommen wäre er Krankenhausreif gewesen. Trotzdem hat er außer unserer Statur mit Sicherheit nichts erkannt, es war viel zu dunkel. Außerdem lassen wir uns nicht gerne Vorschriften machen, wir wissen was wir tun. Wir erledigen noch den letzten Auftrag, dann werden wir uns nie wiedersehen, so einfach ist das." Sein Ton hatte an Schärfe zugelegt. Für den Typen hatten sie sich die schönste Todesart vorgenommen. In einen Bottich werfen mit Salzsäure, dass nichts mehr von ihm übrig blieb. Sie hatten schon die passende Stelle dafür erkundet. Sobald sie ihr dickes Honorar bekamen, war er fällig.

„Was machen wir mit dem Typ?", fragte ihr Auftraggeber.

„Um den kümmern wir uns nicht mehr. Wer weiß, ob ihn nicht die Polizei beschattet, die sind ja auch nicht doof. Wie oft soll ich noch sagen, dass er sowieso nichts gesehen hat. Er stellt keine Gefahr dar."

Der Mann sah sie an und zündete sich eine Zigarette an. Jeder Zeuge konnte die Polizei weiterbringen bei ihren Ermittlungen. Er musste jemanden anderen engagieren, der sich dann um diesen Typ kümmerte. Außerdem musste er das „Finale" vorziehen, mit den beiden Schwuchteln wurde die Sache langsam zu heiß. Sie konnten morgen durch Veröffentlichung der Bilder von der Überwachungskamera jederzeit der Polizei gemeldet werden. Bestimmt gab es auch noch eine großzügige Belohnung für Hinweise auf die Täter. Nachdem er einen Zug inhaliert hatte, meinte er: „Wir werden das Feuerwerk vorziehen, bevor die Polizei noch irgendwelche Spuren findet oder Zusammenhänge erkennt. Dienstag ist zu spät."

„Wann sollen wir loslegen?"

„Morgen."

„Welche Uhrzeit?"

„Wir treffen uns zehn vor zwölf in Zürich-West, in der Nähe vom Prime Tower. Dort gebe ich euch dann die Koffer. Lasst euch bis dahin am besten nirgends mehr zusammen sehen. Wer weiß, was in den nächsten Stunden im Internet oder in der Nachtausgabe veröffentlicht wird. Ich sende euch morgen früh eine SMS, an welchem Treffpunkt ich auf euch warte. Zwölf Uhr mittags ist DEADLINE!"

KAPITEL 25

23.45 Uhr, Zürich

„Was? Du hast sie gekannt? Warum hast du das nicht gleich gesagt", fragte ich Nadja verblüfft auf dem Weg zum Adagio. Die Luft war klar und rein und es hatte um die zehn Grad. Nadja hatte sich bei mir eingehakt, und wir liefen wie ein altvertrautes Paar über die Quaibrücke. Außer uns waren noch hunderte andere Nachtschwärmer unterwegs.

„Du hast mich ja nicht gleich danach gefragt", gab sie zurück und presste sich noch stärker an mich. „Hast du die heutige Zeitung gelesen?"

„Nein, heute ist doch Feiertag. Erscheinen da welche?"

„Ja, zum Beispiel die Zürcher Nachtausgabe. Da steht von zwei weiteren Morden was drin. Und da war ich nicht die Schnellste am Tatort."

Sie klärte mich über die beiden anderen bestialischen und brutalen Morde auf, und mir wurde flau im Magen. Gut, das wir schon gegessen hatten.

„Wusste gar nicht, dass Zürich so ein heißes Pflaster ist."

„Das ist es auch nicht. Im Vergleich zu anderen Großstädten ist die Kriminalitätsrate sogar relativ gering. In anderen Schweizer Städten wie Basel, Bern oder Genf mit über hunderttausend Einwohnern, ist die Rate doppelt so hoch. Und Zürich ist die mit Abstand größte Stadt der Schweiz, mit circa vierhunderttausend Einwohnern."

„Du glaubst also an keinen Zufall, sondern an einen möglichen Zusammenhang der drei Morde."

„So ist es. Und ich weiß auch einen Tick mehr als die Polizei, da mein Bruder bei der Rechtsmedizin arbeitet, und der versorgt mich manchmal mit wichtigen Informationen. Aber behalte das bitte für dich. Jetzt wollen wir auch nicht mehr länger darüber reden, wir sind jetzt da. Jetzt lassen wir die Kriminalität für ein paar Stunden weg, okay?"

„Klar doch."

Am Eingang vom „Adagio" stand ein Türsteher. Das kam nur am Wochenende vor, um zu schräge Typen und sonstiges Gesindel herauszuhalten. Es war kurz vor Mitternacht und das Gedränge war dementsprechend groß. Das Lokal oder wie immer man es bezeichnete, war seit vielen Jahren eine feste Institution im Zürcher Nachtleben. Clubber, Partygänger und Nachtschwärmer fühlten sich hier alle in ihrem Element. Ich fand die Ausstattung fast schon etwas pompös geraten, aber Nadja und anscheinend viele andere empfanden sie als trendy. Viele Plüschsessel und verwinkelte Ecken erinnerten mich an ein Tanzlokal in Oberstaufen, das es aber seit vielen Jahren nicht mehr gab. Als der Türsteher Nadja sah, gab er ihr sofort ein Küsschen auf die Wange, nickte mir beifällig zu, und winkte uns dann durch. Vier Jugendliche um die zwanzig, die sogar deutlich schicker angezogen waren als ich, wies er ab mit der Begründung; „Dass es jetzt zu voll wäre."

„Komm", sagte Nadja. „Wir gehen in eine Barecke, wo nicht so ein Gedränge ist."

Ich folgte ihr an eine langgezogene U – förmige Mahagoni-Bar im hinteren Bereich des Lokals. Wie bestellt, standen dort zwei gepolsterte Hocker frei, und auch der Barkeeper lächelte Nadja wie verliebt an. Vielleicht hatte sie ja schon mit dem ein oder anderen hier ein Verhältnis gehabt? Oder auch nicht, es ging mich eigentlich auch nichts an, es war ja ihr Leben. Ich hatte keinerlei Recht mich in ihr Privatleben einzumischen. Oder war ich womöglich eifersüchtig?

Als wir uns einen Prosecco bestellt hatten, kam gleich ein alter Klassiker von Barry White aus den 80ern, der mit seiner markanten Schmusestimme, Nadja zum Tanzen animierte. Eigentlich war es ja weder Disco noch Tanzlokal, aber unterhalb vom Discjockey befand sich eine kleine Fläche, wo vermutlich ab und zu Bands oder Solisten auftraten, aber heute zum Tanzen genutzt wurde. Ob ich wollte oder nicht, ich musste mit. Nadja zog mich sanft an meiner (gesunden) Hand, und ließ mich nicht mehr los, bis wir uns eng aneinander geschmiegt hatten. In unserem Umkreis gab es drei gleichgesinnte Pärchen die selbiges taten. Nachdem sie ihre Hände um meinen Nacken gelegt hatte, umfasste ich sie an ihrer schmalen Taille. Bestimmt war ich der Erste in diesem Lokal, der dies mit bandagierter Hand tat. Schon nach wenigen Sekunden fanden sich unsere Lippen, dann spielten unsere Zungen miteinander. Ich spürte noch den salzigen Geschmack auf der Zunge von unserem Abendessen. Sie streichelte sanft meinen Nacken, und ich versuchte, so gut es ging, mit meiner Hand ihren Rücken und Hintern zu kraulen. Kein Blatt Papier passte mehr zwischen uns, und Nadjas harte Brustspitzen drangen sich durch bis auf mein Hemd. Jetzt weckte sie die Leidenschaft in mir, und ein Blitzgewitter fuhr mir durch die Lenden. Nadja spürte es, und drückte mich noch enger an sich. Nach Barry White kam noch Rod Stewart mit „Sailing", bevor der DJ flottere Klänge mit Andreas Gabalier einläutete. Zeit für uns, in unsere Barnische zu verschwinden. Die Bedienung grinste mich an, als sie die hervorstehende Wölbung meiner engen Jeans erblickte. Ich überlegte krampfhaft, während Nadja meine Hand an der Theke streichelte, wann ich zuletzt Sex gehabt hatte. Dann fiel es mir ein: Fasching. Auf einem „Schwesternball" bei einer Krankenpflegeschule in Memmingen. Dort hatte ich kurz nach Mitternacht auf dem Balkon, bei fünf Grad minus, eine vollschlanke Anästhesistin ordentlich durchgevögelt, von beiden Seiten. Danach gab sie mir ihre Handynummer, jedoch rief ich sie nie wieder an.

„Warum lassen wir`s für heute Abend nicht einfach gut sein?", fragte ich sie.

„Ganz?", antwortete sie leicht gekränkt.

„Nein, ich hab mich nur falsch ausgedrückt. Ich meinte, hier im Lokal. Wir könnten doch zu dir oder mir gehen?"

„Klingt schon besser", schnurrte sie und suchte wieder meinen Mund. Manche sagen mir nach, ich hätte einen interessanten Kussmund, aufgrund meiner vollen Lippen. Das hatte sie bestimmt auch erkannt, weil sie ständig die Nähe zu ihnen suchte.

„Lass uns noch gemütlich austrinken, dann hauen wir ab", meinte sie und hob das Sektglas zum anstossen. Wir hoben unsere Gläser, knutschen wieder und tranken dann aus. Gegen eins bestellten wir ein Taxi und fuhren zu ihr.

137

Eine halbe Stunde später.

Nadja hatte (wie erwartet) eine geschmackvoll eingerichtete, schicke Dreizimmerwohnung in einer kleinen Wohnanlage, wo vier Parteien hausten. Meistens haben Frauen gemütlichere, kuschligere Wohnungen als Singlemänner. Einfach deshalb, weil sie mehr Wert legen auf ein gemütliches Zuhause und viel mehr Stil und Geschmack haben. Das hatte ich in den letzten zwanzig Jahren immer wieder festgestellt, deshalb spielten sich meine Beziehungen meistens (falls wir nicht zusammenwohnten, was nur einmal der Fall war) mehr in den Wohnungen meiner Lebensabschnittsgefährtinnen ab. Auch Nadja hatte eine gelungene Mischung aus einigen älteren Plüschmöbeln und modernen teuren Benz-Möbeln. Und für mich ganz neu: Sie hatte ein Wasserbett, auf so einem Teil hatte ich noch nie geschlafen. So lernt man immer wieder was Neues kennen, sofern man nicht immer bei der gleichen Frau bleibt. Ein weiterer großer Unterschied war der, dass Frauen immer viel mehr Pflanzen in ihrer Wohnung haben, bei Nadja war`s schon fast ein halber Urwald im Wohn - und Schlafzimmer.

„Möchtest du einen Kaffee", fragte sie mich, als ich auf ihrer teuren Benz-Couch saß.

„Nein, nur dich", flüsterte ich, und zog sie zu mir. Ich hatte seit Verlassen des Lokals fast schon einen Dauerständer, und konnte es gar nicht erwarten sie endlich zu begatten. Immerhin lag mein letzter Sex fast schon zwei Monate zurück. Und sie wirkte genauso ausgehungert. Sie erleichterte mir die Arbeit und zog ihren Pullover aus. Darunter trug sie keinen BH. Hatte sie auch nicht nötig. Ihre Brüste, die ich auf C-Körbchen taxierte, standen fest wie eine Eins und schaukelten kaum. Ihre harten, großen Brustwarzen waren genauso erregt wie mein bester Freund. Ich machte es ihr nach, knöpfte mein Hemd auf und schmiss es auf den breiten Couch-Sessel. Wer sagt denn, dass der eine den anderen immer ausziehen soll? Es geht doch so viel schneller und geschickter. Unseren restlichen Klamotten hatten wir uns in Sekundenschnelle entledigt. Dann standen wir uns hautnah nackt gegenüber. Mein steifer Schwanz zeigte felsenfest zur Zimmerdecke, und beim Anblick ihrer Scham sah ich den zweiten Urwald in dieser Nacht. Sie bemerkte meinen Blick, umschlang mich, und hauchte mir in`s Ohr: „Ich hoffe es stört dich nicht, das ich unrasiert bin, aber ich hasse diese lästige Prozedur."

„Kein Problem", antwortete ich, dann saugte ich wie ein Ertrinkender an ihren langen Nippeln. Sie stöhnte laut auf und kraulte meinen Sack. Beim Griff zwischen ihren dichtbehaarten Schambereich spürte ich, dass sie nass war wie ein tropfender Wasserhahn.

„Nimm mich", keuchte sie, und setzte sich breitbeinig auf die Lehne ihrer Couch. Ich stand vor ihr. Sie nahm meinen Schwanz und drückte ihn etwas tiefer, um ihn besser einführen zu können. Als die Eichel drin war, schob ich ihn langsam bis zum Anschlag rein. Sie kippte etwas nach hinten, stützte sich mit beiden Händen an der Lehne ab, und stöhnte laut auf. Beinahe wäre sie hinten hinunter gefallen, ich packte sie jedoch blitzschnell an den Hüften. Nach einigen lustvollen Stößen stieß sie mich weg und drehte sich um. Im Vergleich zu ihrem hellbraunen Körper, war der knackige Hintern an den fleischigen Backen fast schon schneeweiß. Sie beugte sich nach vorn und streckte ihn mir

139

lustvoll entgegen. Ich hielt meinen besten Freund, dann führte ich ihn von hinten treffsicher ein. Mit kraftvollen, immer schneller werdenden Stössen, beugte ich mich vor und knetete ihre Brüste. Ihr Stöhnen wurde intensiver, und ich spürte, dass es nicht mehr lang dauern würde, bis sie kam. Mein Kitzeln wurde auch immer heftiger, bis sich meine Explosion in ihr kraftvoll entlud, wie ein feuerspeiender Vulkan. Meine Stöße wurden langsamer und ich beugte meinen Körper über ihren, bis wir schweißnass aneinander klebten. Ich spürte, wie ein Teil meines Spermas aus ihrer Scheide den Oberschenkel hinunterlief. Nachdem sich unser Zittern beruhigt hatte, lösten wir uns voneinander und wischten uns gegenseitig die Körperflüssigkeiten ab. Freudestrahlend nahm sie mich an der Hand, und ich konnte die nächsten Stunden fühlen, wie sich Sex auf einem Wasserbett anfühlt.

KAPITEL 26

10 Uhr morgens bei Nadja

Kurz vor zehn gingen wir gemächlich in die Küche. Die Nacht war kurz und anstrengend, aber wunderschön gewesen, obwohl mir mein Penis leicht schmerzte. Nach mehreren Nümmerchen, waren wir irgendwann in den frühen Morgenstunden vor lauter Erschöpfung eingeschlafen. Um halb zehn, kurz bevor wir aufstanden, ritt mich Nadja wieder munter, dann gingen wir gemeinsam unter die Dusche und kühlten unsere hitzigen Körper wieder ab.

„Paul, ich habe noch mit keinem Typen so oft in so kurzer Zeit gebumst wie mit dir", meinte sie süffisant, als sie sich abtrocknete nach der Dusche.

„Bei mir ist es das gleiche. Ich wusste gar nicht, dass ich so oft kann. Das muss wirklich an der Frau liegen."

Sie kniff mich in den Hintern, danach zog sie sich eine Jeans und ein rotes Sweatshirt an. Auf einen BH verzichtete sie. Dann ging sie barfuss in die Wohnküche und machte Kaffee. Ich zog meine Jeans und mein Hemd an, und begab mich zu ihr in die Küche. Als ich am Tisch Platz nahm, hatte sie schon gedeckt. Sie hatte vier Kürbiskernsemmel aufgebacken, und dazu Vollkornbrot mit Honig und Marmelade auf den Tisch gestellt. Aus ihrem Eierkocher dampfte es.

„Ich bin noch satt von gestern Abend", sagte ich. „Bei mir ist noch gar kein großer Appetit vorhanden."

„Dann trink wenigstens Kaffee. Oder möchtest du vielleicht

ein Müsli?"

„Ja, gern. Eine kleine Portion würde mir schon reichen." Sie stellte eine Mini-Salatschüssel auf den Tisch.

Ich schüttete mir die halbe Schüssel voll mit Schoko-Knuspermüsli, als ihr Telefon klingelte.

„Guten Morgen, Alexander", sagte sie, als sie die Nummer des Anrufers sah. Ich sah derweil aus dem Fenster, außer ein paar harmlosen Schleierwolken versprach es ein wunderschöner Tag zu werden. Nach zehn Löffeln war ich satt und stellte die Schüssel zur Seite. Während ich mir noch eine Tasse Kaffee einschenkte, stand sie auf und lief nervös im Kreis. Als sie mich ansah, lag ihre schöne Stirn in Sorgenfalten.

„Hm", sagte sie nur mehrfach, und hörte nur gebannt zu, was der Anrufer sagte. „Alles klar, Alexander. Treffen wir uns um zwölf am Eingang. Bis später." Dann legte sie auf.

„Probleme?", fragte ich.

„Ja, sonderbare Geschichte die mir eben mein Bruder erzählte. Er arbeitet in der Rechtsmedizin und hat auch die letzten drei Ermordeten untersucht."

„Und, was ist daran so sonderbar?"

„Na, es gibt einige Ungereimtheiten bei den Toten. Ich weiß nicht, ob ich dir das erzählen kann oder darf. Eigentlich ist es streng geheim. Normalerweise dürfte er es mir auch nicht erzählen. Zumindest nicht, bevor es die Kripo erfährt. Also nicht sauer sein. Aber wir können uns gern heut Abend bei mir treffen, dann koch ich uns was."

„Und dann erzählst du mir mehr?"

„Ja. Versprochen."

Wir saßen noch eine Weile und sie schien sehr bedrückt. Was immer ihr Bruder auch erzählt hatte, es musste eine furchtbare Nachricht gewesen sein. Ich half ihr beim Abräumen des Geschirrs, und sah mir danach die Nachtausgabe der Zürcher an. Klar, dass die Ermordeten der letzten Tage die großen Schlagzeilen beherrschten.

Zwanzig vor zwölf hatte sie sich Stiefel und eine Fleecejacke angezogen, und stellte sich ganz nervös vor mich hin: „Okay Paul, nicht sauer sein. Brechen wir auf. Du kannst ja heut Nachmittag in den Zoo, oder auf den Hausberg von Zürich, den Üetliberg. Dort hast du bei dem schönen Wetter eine grandiose Aussicht. Du siehst nicht nur über die Stadt und den See, sondern auch einen Teil der Alpen."

„Mal schauen", sagte ich.

„Ach, und noch was. Ich mag dich unheimlich gern, Paul." Sie küsste mich auf die Stirn. Ich glaubte ihr sogar. Irgendwie hatte ich auch an ihr einen Narren gefressen.

„Ich dich auch. Seit deinem Telefonat hab ich etwas Angst um dich. Hoffentlich macht ihr keine gefährliche Sachen."

„Ach, wird schon gutgehen."

„Soll ich dich nicht lieber begleiten? Es muss ja wirklich eine erschreckende Nachricht gewesen sein."

„Keine Angst, mir passiert schon nichts. Ich möchte nicht, dass du mitgehst. Aber ich will dir was geben."

„Was denn?"

„Ein Kuvert."

Entgeistert starrte ich sie an. „Was soll ich damit?"

„Falls mir wirklich mal was passieren sollte, gibst du es bitte der Kripo."

Du lieber Himmel, dachte ich. Mir wurde mulmig. Was kam da auf mich zu?

„Was ist in dem Kuvert?", fragte ich.

„Ein USB-Stick und ein Schlüssel. Falls es dir langweilig werden sollte, kannst du jederzeit hierherkommen und in meine Wohnung gehen, egal ob ich da bin oder nicht."

„Das ist eine sehr vertrauensvolle Geste. Du kennst mich ja kaum. Was ist auf dem Stick? Hoffentlich nichts Brisantes?"

„Keine Angst mein Schatz. Alles zu gegebener Zeit."

Zum ersten Mal sagte sie „Schatz" zu mir, das hatte schon lange keine mehr gesagt. Sie schnappte sich ihren Autoschlüssel und meinte: „Let`s go!". Dann drückte sie mir ein Kuvert in die Hand, und sah mir dabei tief in die Augen. Ich nahm es und steckte es in meine Jackentasche. Als wir uns innig umarmten und uns mit einem langen Kuss verabschiedeten, plante ich, ihr heimlich zufolgen. Ich konnte sie auf keinen Fall mehr alleine lassen. Ich hatte Angst um sie.

KAPITEL 27

11.45 Uhr, Kripo Zürich

„Wir haben bislang drei Tote. Rechnet man den Kopf der Leiche aus dem See mit, vier." Paola Korb stand in marineblauem Hosenanzug an der Pinwand, und zeigte mit einem Laserpointer auf das entsprechende Foto. Sie hatte ihr Team erneut zu einer Sitzung in die Dienststelle beordert. Langsam wuchs der Druck auf sie. Erstmals hatte sich gestern ihr Vorgesetzter, Polizeipräsident Karl Kaltenbrunner, gemeldet. Er war nicht nur für den Kanton Zürich zuständig, sondern auch für die Kantone St. Gallen und Thurgau. Sein Büro war Gott sei Dank in Winterthur, deshalb sah sie ihn nicht jeden Tag. Wenn es in einer „seiner Kantone" jedoch brenzlige Fälle gab, beschloss er meistens kurzentschlossen, sich auch in Zürich oder St. Gallen in der hiesigen Kripo einzunisten, um nach dem Rechten zu sehen. In dem Telefonat gestern, hatte er seinen mehrtägigen Besuch in Zürich für unbestimmte Zeit angekündigt. Sie musste also jederzeit damit rechnen, dass er spontan auftauchen würde. Dann würde er ihr permanent über die Finger schauen, und alle ihre Schritte akribisch verfolgen. Und wenn es ihm nicht passen sollte was sie tat, selbst die Kommandozentrale übernehmen. Auch wenn er in solchen Fällen noch nicht mit der Materie vertraut war, wie die Kollegen vor Ort. Das wollte sie tunlichst vermeiden, die Mordserie musste sofort zur Aufklärung gebracht werden, koste es was es wolle.

„Wurde schon in der Datei gesucht, wer der „Kopf" aus dem See sein könnte?", fragte Staatsanwalt Lüthi.

„Natürlich", entgegnete Korb. „es gibt aber noch keine Ergebnisse mit den Vergleichen. Erst am Dienstag erfahren wir, ob auch der Fund eines Beines im Bodensee bei Konstanz, ein weiteres Körperteil der gleichen Person ist. DNA-Ergebnisse haben wir noch keine. In dem Zustand wird es schwierig sein, überhaupt eine Probe zu bekommen."

„Dr. Lochbrunner, wie wurden denn die Körperteile vom Rumpf entfernt?", fragte Sutter in die Runde.

„Abgesägt", antwortete dieser. „wie beim Holz zerkleinern im Wald. Womöglich schwimmen die anderen Gliedmaße noch irgendwo rum, oder treiben in einem anderen See. Vielleicht hat der Mörder bei einer Spritztour im Radius von einhundertfünfzig Kilometer die Teile ins Wasser geschmissen, sodass es nicht auffällt. Und wenn die Fische das Fleisch schon abgenagt haben, und der See nicht kalt genug ist, haben wir nicht mal DNA oder sonstige Spuren."

„Was kam bei der Befragung der Obdachlosen heraus, Herr Montani?", fragte Korb.

„Fehlanzeige", meinte er mit Achselzucken. „Es gab vor einem Jahr mal Streß wegen eines Schlafplatzes am Flughafen, aber sonst nichts. Rudi Schlatter hauste wie ein Eigenbrötler im Stadtbereich. Ich werde aber am Dienstag mit seiner ehemaligen Frau sprechen, und eventuell mit seinen Kindern. Die wohnen jetzt in Freiburg, beziehungsweise der Sohn Harald, in Berlin. Allerdings verspreche ich mir nicht viel, es gab seit Jahren kaum Kontakt mit ihnen. Bei einem Telefonat mit seinem Sohn, machte sich eine erschreckende Gleichgültigkeit breit. Er meinte, wenn man so lebt wie sein Vater, muss man immer mit so was rechnen. In Berlin kommen jedes Jahr über hundert Obdachlose um, durch Erfrieren, Überfälle, und sonstige gesundheitliche Einschränkungen."

„Gut, wir sind aber hier nicht in Berlin, die Stadt ist fast zehnmal so groß wie Zürich. Und seiner Frau ist der Tod ihres Exmannes auch egal?"

„Ich konnte sie noch nicht sprechen. Von einer Nachbarin weiß ich, dass sie auf Kur in Oberbayern ist. Sie wusste aber nicht genau wo. Vermutlich Bad Aibling oder Bad Reichenhall, das werde ich aber die nächsten vierundzwanzig Stunden noch herausfinden."

„Und bei Ihnen, Herr Tönz? Neue Erkenntnisse im Mordfall Werthmann?"

„Nichts Konkretes. Wir haben nur seltsamerweise festgestellt, dass Frau Werthmann trotz Arbeitsunfähigkeit zur Arbeit ging."

„Das ist nicht ganz ungewöhnlich, manche Arbeitnehmer gehen trotzdem zur Arbeit, obwohl sie krankgeschrieben sind."

„Das gleiche sagte ich auch dem Kollegen Sutter. Trotzdem werden wir morgen gleich ihren Hausarzt konsultieren, und hinterfragen was ihr fehlte."

„Tun Sie das. Jeder Hinweis kann uns womöglich helfen. Und was die junge Frau betrifft: Sie war angehende Journalistin und hatte ein Praktikum geplant, beim Zürcher Tagblatt. Ihre Eltern kommen morgen und werden in der Rechtsmedizin ihre Tochter obduzieren. Herr Montani und ich werden dann anschließend mit ihnen hier sprechen. Sie kommen gegen 9.45 Uhr am Hauptbahnhof an. Holen Sie die Herrschaften bitte ab, Herr Montani."

„Mach ich."

„Kommen wir nun zu ………………."

Das Mobilteil der Telefonanlage, das auf dem Tisch lag, klingelte. In der Telefonzentrale teilte Korb vor der Besprechung mit, das nur ein extrem wichtiger Anruf durchgestellt werden dürfte. Sie ging mit dem Schnurlostelefon Richtung Ausgang, und rief an der Tür in den Raum: „Gleich geht's weiter." Sie sah auf die Uhr: 12.03 Uhr.

Am Telefon hörte sie einen sichtlich aufgeregten Mann, den sie erst gestern sah. Soweit sie sich erinnern konnte, hieß er Paul Glaser. Gebannt hörte sie seiner erregten Stimme zu.

KAPITEL 28

Der Mann mit dem Strohhut und dem langen Bart saß im Auto und war zufrieden. Wenn die dämliche Journalistin wüsste, dass er in zwei Räumen bei ihr mithören konnte. Es zahlte sich aus, dort vor vier Wochen zwei Wanzen angebracht zu haben. Nur im Schlafzimmer hatten sie keine installiert. Lange genug hatte er verfolgt, was sie trieb. Ihr Artikel letztes Jahr, hätte das ganze Vorhaben beinahe zum Wanken gebracht. Und jetzt hatte anscheinend ihr Bruder herausgefunden, was mit den Ermordeten geschehen war. Alexander Lück war seit geraumer Zeit schon ein Sicherheitsrisiko für sie. Aber als Informant war er ganz brauchbar gewesen. Immerhin arbeitete er im Institut für Rechtsmedizin, und hatte bei Pharmakon noch einen Teilzeit-Job. Gerichtsmediziner werden in der Regel nicht so gut wie andere Ärzte bezahlt, deshalb hatte er für einen lukrativen Nebenjob sofort ein offenes Ohr. Und Pharmakon zahlte hervorragend. Die Muttergesellschaft in den USA zählte zu den Aktien-Unternehmen mit den höchsten Gewinnen, und das seit über zwanzig Jahren. Für Alexander Lück war es ein Klacks, die Probanden zu beaufsichtigen und die Voruntersuchungen durchzuführen. Er hatte dazu alle erforderlichen Qualifikationen.

In dem ehemaligen Gewerbegebiet West lag das Gebäude, wo das Institut für Rechtsmedizin untergebracht war. Im gleichen Stockwerk wie Pharmakon, nur durch einen Gang und Stahltüre getrennt. Lück konnte also gleich nach Beendigung seines Hauptjobs, seinen „Nebenjob" ausüben. Ein Traum für jeden Arbeitnehmer. Nur, mit der Zeit hatte Lück zu viel Einblick in ihre Firma bekommen, und stellte unbequeme Fragen. Zum 30.4. wollte er deshalb die Tätigkeit einstellen, weil es ihm angeblich zu stressig war mit den beiden Jobs. Jetzt auf einmal. Dabei hatte er nur herausgefunden, dass nicht alles sauber lief bei ihnen. Und seiner Schwester wollte er jetzt alles erzählen, was er bei der Untersuchung mit den Leichen festgestellt hatte. Und das sogar, bevor er sich seinen Kollegen bei der Polizei anvertraute.

Ihr Glück, sein Pech. Nur um eine Sensationsgierige Journalistin zuerst zu „befriedigen". Was kümmerte es schon, dass Lück eine Frau und drei Kinder zwischen vier – und neun Jahren hatte. Seine Lebensversicherung war bestimmt hoch genug. Solche Leute konnten sich hohe Policenbeiträge locker leisten.

Er griff zu seinem Handy. Die beiden Killer hatten ihre letzte Mission zu erfüllen. Wie immer seit er mit ihnen zutun hatte, nahm Blacky ab.

„Geht's los?", fragte er nur.

„Ja, macht euch auf den Weg. Wir treffen uns in acht Minuten am Parkplatz der Waschanlage."

„Okay, bis gleich."

Dann legte er auf.

Es war alles genau berechnet.

Die beiden mussten unmittelbar nach der Journalistin den

Eingang betreten, und dann an die zwei Standorte laufen, die er ihnen gleich sagen würde. Und um ihren neuen Liebhaber, diesen Allgäuer, hatte er schon zwei andere Typen gebucht. Keine Killer wie Blacky und Blondy, sondern zwei einfache und primitive Schläger aus Zürich.

Junkies und Einheimische aus der Stadt.

Skrupellose, junge Typen.

Nicht einmal volljährig.

Drogenabhängig seit ihrem dreizehnten Lebensjahr.

Die für neuen „Stoff" alles taten.

Zwei Jugendliche, die für ein Taschengeld bereit waren, einen Mann in den Rollstuhl zu prügeln.

KAPITEL 29

An Nadjas Wohnung, kurz vor zwölf

Nachdem ich so tat, als liefe ich zu meinem Hotel, zog ich sofort mein Handy und rief ein Taxi. Ich ging um einen Häuserblock, dass Nadja mich nicht mehr sehen konnte.

Zwei Minuten später, kam das Taxi gerade zur rechten Zeit, als Nadja mit ihrem blauen Ford Focus aus der Tiefgarage fuhr. Ich sprintete dem Taxi entgegen und schmiss mich gleich auf den Rücksitz.

„Hey Mann, Sie können ruhig vorn sitzen", sagte ein dickbäuchiger Mann, Ende fünfzig, der am Steuer saß.

„Scheißegal", antwortete ich. „Folgen Sie dem blauen Ford Focus. Verlieren Sie ihn auf keinen Fall."

„Na, wenn da mal alle Ampeln mitspielen. Was mach ich denn, wenn eine umschaltet auf Gelb oder Rot wenn ich gerade durchwill?"

„Wie hoch sind die Strafen, falls sie dabei geblitzt oder erwischt werden?"

„Na, bestimmt um die zweihundert Franken."

„Okay, falls es dazu kommt, zahl ich es Ihnen. Also, halten Sie sich ran."

„Mach ich, Chef."

Aufgrund des Feiertags war ein geringes Verkehrsaufkommen, sodass wir zügig vorwärtskamen. Er hielt sich dicht an

Nadjas Focus, nur zwei Fahrzeuge waren zwischen uns: Ein roter Opel Omega und ein silberner Mercedes mit einem Fahrer der einen Hut aufhatte.

„Beschatten Sie ihre Liebste? Ist sie nicht immer treu?", nervte mich der Fahrer.

„Ja, vielleicht", antwortete ich mürrisch.

„Tja, schöne Frauen hat man nie ganz alleine für sich. Mich haben auch schon zwei Ladys betrogen."

Kein Wunder, dachte ich, als ich ihn kurz ansah, erwiderte aber nichts darauf.

Wir überquerten die Sihlbrücke, und erreichten kurz darauf den Bahnhof Wiedikon. Dann war es soweit: Nadja überfuhr bei Gelb die nächste Ampel, und die beiden Fahrzeuge hinter ihr schossen auch noch bei „Orange" über die Kreuzung. Doch mein Fahrer hatte sein Wort gehalten und beschleunigte, obwohl es drei Sekunden später bereits Rot wurde. Der entgegenkommende Rechtsverkehr startete bereits. Dort musste der erste Fahrer mit einem schwarzen BMW, gleich nach dem Anfahren eine abrupte Vollbremsung einlegen, als er das Taxi mit durchdrehenden Reifen auf Kollisionskurs sah. Wütend hupte er wie verrückt, und zeigte meinem Driver den Stinkefinger, den aber nur ich sehen konnte. Der Fahrer hinter dem BMW musste ebenfalls eine Vollbremsung einlegen, um dem Vordermann nicht aufzufahren und bekam ebenfalls einen Tobsuchtsanfall.

„Zufrieden?", fragte grinsend mein Fahrer.

Ich hatte mich auf Tauchstation im Wagen begeben, dass niemand sah, wer der Fahrgast war.

„Gut gemacht", lobte ich. Nur noch ein Wagen befand sich zwischen uns und Nadjas Focus, da der Opel abbog. Es war der silberne Mercedes, der anscheinend das gleiche Ziel hatte.

„Wissen Sie, wo das Institut für Rechtsmedizin ist? Nicht, dass Sie noch einmal so ein Risiko eingehen müssen."

„In die Rechtsmedizin?", wiederholte er. „Keine Ahnung. Dort habe ich noch nie jemanden hingefahren. Aber ich glaube, es liegt in dem ehemaligen Gewerbegebiet, dass früher ein reines Industriequartier für Schiffsbau war. Jetzt soll in dem Geländeareal ein attraktiver Stadtteil mit Kneipen, Praxen und Wohnungen entstehen. Auch Forschung - und Entwicklungsfirmen lassen sich dort nieder, genauso wie Ärzte, Therapeuten und so weiter. Sogar ein neuer Sportpark ist dort geplant, da liegt bestimmt auch dieses Institut."

Nadja überfuhr die riesige Herdbrücke unweit des Hauptbahnhofes, und bog dann nach dreihundert Metern bei der Ausfahrt „Zürich West" ab. Auf einem großen Schild stand bereits „Technopark und Bau 5". Dort sah man anhand einiger Baukräne, dass dort allerhand geplant war. Dann hatte die Fahrt ein Ende in der Giessereistraße. Und was mich am meisten stutzig machte: Der S-Klasse-Mercedes stoppte auch, unmittelbar an einer Waschanlage, in sicherer Entfernung zu Nadja. Ich ahnte nichts Gutes, und wies den Fahrer an: „Stoppen Sie hier, damit mich der Mercedes-Fahrer nicht sieht."

Wir stoppten an einem Platz, wo fünfzig Meter links von uns, ein Imbisswagen stand. Wegen dem Karwochenende war er nicht in Betrieb, da in dem ganzen Viertel zurzeit kaum was los war und vieles still stand. Bis auf zwei Firmen, in denen anscheinend gearbeitet wurde; Eine stand in riesigen Lettern von zwei auf drei Metern oben am Gebäude, wo Nadja am Haupteingang hielt: „**PHARMAKON**".

Die zweite Firma war auch im selben Gebäude, aber eher unauffällig. Eigentlich war es ja auch keine Firma, sondern eine staatliche Einrichtung. Das Institut für Rechtsmedizin vom Kanton Zürich, kurz genannt: UZH.

Vermutlich stand das auch an den kleineren Schildern, die direkt am Eingang hingen. Ich konnte sie aber aus meiner Entfernung von knapp achtzig Metern nicht mehr lesen. So wie zwei weitere Messingschilder an der beigen Wand, links von den Mitarbeiter-Parkplätzen.

Links und rechts vom Imbisswagen standen ein gutes Dutzend Bäume, sodass der Mercedes-Fahrer nicht sehen konnte, das wir in sicherer Entfernung einen guten Blick auf ihn hatten.

„Soll ich mit Ihnen hier warten? Ist das der Nebenbuhler?", fragte mich der dicke Fahrer.

„Nein, Sie können fahren. Ich kann ja wieder anrufen, wenn ich für die Rückfahrt ein Taxi brauche."

„Alles klar, Chef. Hier meine Karte. Ich bin mein eigener Unternehmer, sie können mich direkt auf der Handynummer hier erreichen. Stehts zu Diensten."

Er reichte mir eine verknitterte Visitenkarte mit seiner kompletten Adresse und seiner Nummer. Im Autoradio vernahm ich, dass die 12.00 Uhr-Nachrichten in einer Minute beginnen würden.

„Was bekommen Sie?", fragte ich.

„18,80, laut Taxometer. Aber wie vereinbart, mit der über-fahrenen Ampel, zwei Hunderter mehr."

Ich kramte in meinem Geldbeutel und drückte ihm zwei-hundertfünfzig Euro in die Hand. „Passt so. Franken hab ich keine", sagte ich und stieg aus. Ich musste mich beeilen um alles mitzubekommen, was sich jetzt vor meinen Augen abspielte. Ich hörte eine Kirchenglocke zwölf Uhr schlagen.

Es ereigneten sich fast zwei Dinge gleichzeitig: Als das Taxi davonfuhr, kam ein grüner VW Passat Variant, der neben Nadja hielt. Ich nahm an, dass das ihr Bruder war. Ein Typ, Ende dreißig, mit Brille und beginnender Stirnglatze stieg aus und begrüßte sie herzlich. Sie schritten Richtung Haupt-eingang. Der Mann zog eine Karte durch einen Schlitz, da-mit die Tür aufging.

Fast zur gleichen Zeit, hielt neben dem Mercedes-Fahrer, der auch ständig zum Eingang schielte, ein weißer Volvo Kombi. Zwei Männer stiegen aus: Ein hochgewachsener Dunkelhaariger und ein mittelgroßer Blonder. Beide trugen eine Brille und ein Käppi. Sie gingen auf den Mann mit dem Strohhut zu. Er öffnete den Kofferraum und reichte jedem einen schwarzen Koffer.

Was lief denn hier ab?, dachte ich, und sah dem Trio weiter zu.

Die zwei Männer hielten jetzt je einen Koffer in der rechten Hand. Alle drei sahen sich immer wieder um, ob sie auch niemand beobachtete. „Mein Versteck" hinter dem Imbisswagen und den Bäumen war aus ihrer Richtung unmöglich einsehbar.

Mein Mund wurde trocken, und langsam bekam ich ein mulmiges Gefühl, als mir eines bewusst wurde: Die beiden Killer, die die Joggerin töteten, waren auch blond und dunkel sowie von der Statur her ähnlich. Das konnte doch kein Zufall sein!

Schweißperlen bildeten sich auf meiner Stirn, kurzzeitig wusste ich nicht mehr, was ich machen sollte. Ich konnte mich den Typen unmöglich gegenüberstellen, das war viel zu gefährlich. Also blieb nur eines übrig, was ich eigentlich vermeiden wollte, aber in den Worten unserer Kanzlerin bestimmt alternativlos war: Die Polizei rufen!

Ich zog die Visitenkarte aus meiner Hose, die mir einer der Polizisten gestern in die Hand gedrückt hatte. Mit zittern-den Fingern wählte ich die Nummer und landete in der Polizeizentrale.

„Bitte geben Sie mir die Kripochefin", bat ich leise.

„Geht nicht, sie ist in einer Besprechung", meinte eine männliche Stimme.

„Verdammt, es ist wichtig! Ich bin Paul Glaser. Der Typ, der gestern zufällig bei dem Überfall auf die Joggerin dabei war. Ich habe die Männer entdeckt!"

„Wen? Die Killer? Wo sind Sie? Ich sage es Frau Korb sofort, wenn die Besprechung zu Ende ist."

„Da ist es vielleicht zu spät. Ich bitte Sie, es geht um Leben und Tod. Sie könnten jeden Moment den nächsten Mord begehen!"

Meine Stimme überschlug sich fast.

Jetzt schien der Trottel den Ernst der Lage erkannt zu haben. Ich hörte für einige Sekunden Musik, als er anscheinend Rücksprache hielt.

Dann endlich.

Nach quälenden Sekunden, die mir wie Minuten vorkamen, war sie dran.

„Paul Glaser?", fragte sie ganz ruhig.

„Korrekt. Schicken Sie sofort ein Sondereinsatzkommando an den Prime Tower. Ich glaube, es könnte jeden Moment was Schreckliches geschehen!"

KAPITEL 30

12.03 Uhr, am Eingang von Pharmakon

Nachdem Alexander Lück seine Schwester am Parkplatz herzlich begrüßt hatte, nahm er sie sanft an der Ellenbeuge und zog sie Richtung Eingang mit. „Komm Nadja, lass uns keine Zeit verlieren, du bekommst viel Stoff für einen neuen Artikel."

Er hatte eine „Keycard", eine codierte Karte mit einem Magnetstreifen wie noch ein Dutzend seiner Arbeitskollegen zum Öffnen gewisser Türen im Gebäude. Auch an unüblichen Zeiten mussten er oder andere Kollegen in die Gerichtsmedizin gelangen, um dringliche Begutachtungen oder Obduktionen durchführen zu können. Und er war der Einzige, der im gleichen Haus noch einen Zusatzjob besaß. Das wurde vor sechs Jahren erst nach längerer Wartezeit, nach einigen Hürden seines Arbeitgebers genehmigt.

Sie bogen nach dem Eingang links in einen langen Gang, der direkt in das Institut führte. Am Ende des Gangs musste Lück ein zweites Mal seine Karte durch einen Schlitz ziehen, bevor eine dicke Stahltür aufschwang. Der Raum war aufgeteilt in eine abgetrennte Kühlkammer und einem vorderen Teil, wo drei Tische nebeneinander aufgestellt waren. Eigentlich sah es mehr aus wie Liegen als Tische, aber auf „diesen" wurden die Toten akribisch seziert, untersucht und begutachtet. Auf einem der Tische lag eine verhüllte Gestalt, die mit einem weißen Tuch komplett bedeckt war. Sie traten beide vor den Tisch. Alexander Lück meinte:

„Hier liegt die junge Frau die gestern grausam erdrosselt wurde. Deine „Beinahe-Kollegin", Alexandra Frey."

„Hast du noch Besonderheiten festgestellt?"

„Also, zum einen: Das, was das „20 - Minutenblatt" (eine täglich erscheinende Zeitung) heute veröffentlichte, ist total falsch. Ich weiß, es ist das aufreißerische Konkurrenzblatt das ihr verpönt, aber es sollte trotzdem morgen richtig gestellt werden; Das Mädchen wurde nicht durch eine Wäscheleine erdrosselt, sondern durch eine feine Klavierseite! Wahrscheinlich wäre es aber bei einer morgen angesetzten Pressekonferenz sowieso verkündet worden, weil ich es in einer Stunde der Kripochefin mitteilen werde. Das Erschreckende ist aber ganz was anderes, nicht unbedingt das Mordinstrument."

„Nämlich?"

„Sie war schon todkrank!"

„Was?". Nadja war fassungslos. „Sie war doch noch so jung und vital."

„Nur auf den ersten Blick. Sie war eine Todgeweihte, sie hatte Krebs."

„Krebs?", wiederholte Nadja. „Bist du sicher?"

„Absolut. Ich habe heute früh nochmals die Leiche eingehend untersucht, nach der Voruntersuchung gestern Abend mit meinem Kollegen. Gestern hatten wir ja nur die eigentliche Todesursache analysiert. Und heute habe ich mir mal ihre inneren Organe genauestens unter die Lupe genommen. Sie hatte Krebs in der Nebennierenrinde, und zwar in fortgeschrittenem Stadium. Sie hätte sich die nächsten Monate in intensive Behandlung begeben müssen, aber auch dann wären ihre Überlebenschancen nur noch minimal gewesen."

„Aber das muss sie doch schon gespürt haben, oder?"

„Hatte sie mit Sicherheit. Wenn ihre Arztbesuche und Untersuchungen der letzten Wochen genauestens recherchiert werden, wird man das auch sicherlich feststellen. Wahrscheinlich wusste sie die Diagnose, und hat sich noch keinem anvertraut. Womöglich nur innerhalb der Familie oder vielleicht sogar nur der besten Freundin? Aber das sind jetzt alles nur Spekulationen. Fakt ist ihr Krebs."

„Aber sie konnte noch joggen?"

„Das ist, wie wenn jemand seine Krankheit mit Training besiegen will. Ich kannte mal einen Fall, da hat ein junger Mann die Diagnose Darmkrebs erhalten. Tags darauf begann er, wie ein Besessener im Fitnessstudio zu trainieren. Jeden Tag mindestens drei Stunden, so als könnte er die Krankheit durch obsessives Krafttraining besiegen. Leider hat`s ihm nicht geholfen, ein Jahr später war er tot."

Alexander Lück deckte die Leiche auf, und beide warfen einen Blick auf die nackte junge Frau. Dann hörten sie plötzlich ein Geräusch an der Tür.

„Da ist jemand", meinte Nadja und zuckte unwillkürlich zusammen.

„Das kann nur ein Kollege.......".

Beide erstarrten. Die Tür öffnete sich, und ein hochgewachsener Mann stand am Türrahmen. Trotz Sicherheitsvorkehrungen hatte er zwei Stahltüren passieren können. Jemand musste ihm eine Codekarte gegeben haben.

Das schlimmere war jedoch was anderes: Der dunkelhaarige Mann, der optisch wie ein Osteuropäer wirkte, hatte eine Pistole in der Hand, die jetzt auf sie gerichtet war!

„Was wollen Sie?", fragte Lück, in erster aufkommender Panik.

„Nichts", antwortete der Mann emotionslos. „Ihr müsst nur tun, was ich sage. Dann muss ich euch nicht gleich erschießen."

Verzweifelt sah sich Nadja um, ob ein brauchbares Werkzeug als Waffe in der Nähe war. Sie wusste sofort, dass dieser Mann nach ihrem Leben trachtete. Erst jetzt sahen sie auf die andere Hand des Mannes, in dieser trug er einen schwarzen Koffer.

„Was wollen sie mit dem Koffer?", fragte sie, obwohl sie die Antwort ahnte.

„Der bleibt hier stehen. Und dann werde ich gemütlich wieder gehen. In drei Minuten könnt ihr ja nachsehen was drin ist, wenn ich wieder draußen bin."

„Eine Bombe?", fragte Lück mit stockender Stimme, und überlegte sich trotz der Waffe in der Hand des Mannes, sich auf ihn zu stürzen. Es wäre ein letzter Akt der Verzweiflung gewesen.

„Codekarte vor mir auf den Boden werden!", befahl der Mann. „Schnell, sonst muss ich dir noch ins Knie schießen!"

Alexander Lück nahm zitternd die Karte und warf sie dem Fremden vor die Füße.

„Brav", sagte er, ging vorsichtig in die Knie und hob sie auf, nachdem er den Koffer vor sich abgestellt hatte.

Er richtete sich auf und bewegte sich langsam rückwärts gehend zur Tür. „Okay, das war`s dann für euch. Dann wünsche ich euch noch restliche angenehme Min…………"

Bevor er die letzte Silbe aussprach, zerschmetterte ein ohrenbetäubender Knall die Stille!

Sein Körper zerfetzte in unzählige Stücke, und mit ihm alles was sich noch im Raum befand. Die Detonation und der Feuerball zerlegte alles in Schutt und Asche. Nicht einmal die Schreie von Nadja und Alexander Lück waren zuhören, als unzählige Körperteile und Gegenstände wie bei einem Taifun durch die Luft geschleudert wurden.

KAPITEL 31

Wenige Sekunden zuvor

„Hören Sie, Sie müssen sofort hierherkommen nach Zürich-West", schrie ich verzweifelt ins Telefon.

„Beruhigen Sie sich, Herr Glaser. Ich schicke sofort ein Einsatzkommando. Sind Sie absolut sicher mit den Männern?"

„Klar, machen Sie schnell. Nadja und ihr Bruder sind in höchster Lebensgefahr." Ich hörte, wie sie ein Kommando in ein anderes Telefon sprach.

„Machen Sie keine unüberlegten Schritte, die Spezialeinheit macht sich fertig. Halten Sie sich von dem Gebäude fern. Womöglich liegt Sprengstoff in den Koffern."

„Und was ist mit dem Merce...........?"

Weiter kam ich nicht mehr. Ein Knall, der lauter als jedes Feuerwerk war, dass ich jemals gehört hatte, ertönte. Die Druckwelle der Detonation war trotz der Entfernung so stark, dass oberhalb von mir mehrere Äste barsten und auf mich hinabregneten. Einer schoss auf mich zu, und knallte mir so schnell auf den Schädel, dass ich nicht mehr ausweichen konnte. Ich spürte die Wucht des Aufpralls und eine weitere Druckwelle, die mich gegen die Frontseite des Imbisswagens schleuderte. Ein stechender Schmerz durchzuckte mich. Dann sah ich Sterne und danach nichts mehr.

KAPITEL 32

Wenige Meter entfernt

Der Mann mit dem Strohhut strahlte.

Eine Tolnol-Verbindung, bestehend aus sieben Kohlenstoff – und fünf Wasserstoffatomen, verbunden mit drei Gruppen von Stickstoffdioxid, wegen der dreifachen Nitro-Struktur auch genannt: Tri-Nitro-Tolnol.

Kurz genannt: TNT.

Er hatte die beiden TNT Bomben nicht nach fünf Minuten, sondern bereits nach drei Minuten per Fernbedienung gezündet. Der Lärm der Detonation war bestimmt weit über die Stadt hinaus zuhören, und die Rauchwolke kilometerweit zusehen. Hatten die beiden Idioten doch glatt geglaubt, sie könnten jetzt dann ihre Kohle holen und sich ein schönes Leben in Südamerika machen. Das war nur ihm und seiner Partnerin vorbehalten, die Tickets waren schon längst besorgt. Von der Ferne hörte er die Sirenen der Feuerwehr und Polizei. Bestimmt würde auch ein Sondereinsatzkommando der Polizei, oder womöglich sogar eine Anti-Terror-Einheit auftauchen.

Und dann war er vorbereitet auf ihren Besuch. Es war klar, dass ihn die Kripo die nächsten vierundzwanzig Stunden noch aufsuchen würde. Aber jetzt, da alle wichtigen Zeugen und die Ermordeten zerfetzt und die Unterlagen zerstört waren, gab es keine Indizien mehr gegen ihn, die ihn als Verdächtigen überführen konnten.

Und den Einzigen Zeugen, der ein bisschen was wusste oder vielleicht auch nur ahnte, würde bald ein Pflegefall sein. Wie kam dieser Glaser auch nur auf die Idee, sich in was einzumischen, was ihn als „Besucher" der Stadt nun wirklich gar nichts anging?

Er tippte in sein Smartphone einen Text, und hängte zwei Bilder als Datei dazu. Die Mail ging an die beiden Stadtbekannten Schläger, von denen sich sogar die meisten der Polizisten fürchteten.

„Verprügelt ihn, bis alle seine Zähne und Rippen gebrochen sind, aber lasst ihn noch am Leben. Er heißt Paul Glaser, und übernachtet im Theater-Hotel. Und vergesst nicht, die Haare von Blacky und Blondy auf seinem Körper zu hinterlassen. Anbei zwei Bilder von ihm. Sendet mir zwei, wie er nach eurer „Arbeit" aussieht.

Viel Spaß!"

KAPITEL 33

Nach meiner Ohnmacht

Die Wucht der Explosion war verheerend. Einige wenige Personen, die sich im und um das Gebäude befanden, schmissen sich auf den Boden, oder suchten Schutz hinter Hindernissen oder Bäumen, um nicht von herumfliegenden Teilen getroffen zu werden. Die Druckwelle fegte über sie hinweg wie der Atem eines feuerspeienden Drachens. Steinbrocken, Bretter, Möbel, Fensterrahmen, Inventar und Glas wurden wie bei einem gigantischen Vulkanausbruch in die Luft geschleudert. Glaswolle aus dem Dach verfing sich in den Ästen der kahlen Bäume. Splitter und Scherben sprühten wie ein Funkenregen auf dem von der Nacht noch feuchten Boden. Spatzen, Amseln und andere Vögel flohen aus den benachbarten Park - und Gartenlandschaften. Ein Regen aus Asche, Staub und Rauch legte sich im Radius von zweihundert Metern auf Häusern, Autos und am Boden ab. Es sah nach wenigen Minuten aus, wie nach einem Bombenangriff aus der Luft.

„Hey, können Sie mich hören?"

Wie durch Watte vernahm ich Wortfetzen. Irgendjemand berührte mich. Ich spürte ein Tätscheln auf den Wangen. Es war eine männliche Stimme.

„Wo bin ..... ich?", stotterte ich.

„Sie sind in Sicherheit. Sie wurden vermutlich gegen den

Imbisswagen geschleudert und haben einen Ast auf den Kopf bekommen. Dann haben Sie die Besinnung verloren."

Ich lag auf dem Boden, unweit des Imbisswagens. Mein Blick klarte sich immer mehr. Jetzt sah ich, wer sich über mich gebeugt hatte. Eine hübsche brünette Frau. Ich war mir sicher, dass war die Kripochefin, und daneben ein Sanitäter der mit mir gesprochen hatte. Er war etwas untersetzt und noch keine dreißig.

„Geht`s wieder, Herr Glaser?", fragte mich Paola Korb.

„Ja, es geht. Leichtes Schädelbrummen, aber sonst alles okay."

„Können Sie sich noch erinnern was hier passierte?"

„Ja, mein Gott! Die Explosion! Was ist mit Nadja?" Ich richtete mich auf und merkte sofort einen leichten Schwindel. Jetzt sah ich erst das ganze Chaos;

Mindestens zehn Polizeifahrzeuge, fünfzehn Feuerwehrfahrzeuge und ein halbes Dutzend Rettungswagen standen um den rauchenden Gebäudekomplex, und versuchten die Lage unter Kontrolle zu bringen. Dazu noch zwei Dutzend vermummte Männer in kugelsicheren Westen, mit Maschinengewehren und Helmen ausgestattet.

„Wir wissen noch nicht wo sie ist. Mindestens zwanzig Feuerwehrleute sind im Gebäude, und versuchen die Lage zu sondieren. Aber ich befürchte, es gibt keine allzu große Hoffnung auf Überlebende. Die zwei Bomben hatten eine hohe Sprengkraft. Sie sehen ja, wie das Mauerwerk aussieht. Die Wände wurden regelrecht weggefegt. Die Personen, die in unmittelbarer Nähe der Sprengsätze waren, wurden mit Sicherheit zerfetzt. Eine Tragödie, so was hab ich noch erlebt." Sie war sichtlich erschüttert.

Die Kripochefin drehte sich um, als drei ihrer Kollegen auf sie zuschritten. Ich tastete an meine Stirn und merkte erst jetzt das große Pflaster das dort klebte. In der Stirnmitte hatte ich eine Haselnussgroße Beule, und an der Schulter eine blaugefärbte Schwellung. Trotzdem hatte ich Glück im Unglück gehabt. Der Gedanke an Nadja macht mich unendlich traurig. Wir kannten uns nur knapp zwei Tage, trotzdem war sie mir schon ans Herz gewachsen. Es hätte vielleicht was aus uns werden können. Und jetzt lag sie zerfetzt unter den Trümmern, nur weil sie mit ihrem Bruder jemandem auf die Schliche gekommen war. Des Rätsels Lösung lag in dieser obskuren Pharmafirma, es konnte nicht anders sein.

Ich stand langsam auf und sah mich nach allen Seiten um. Überall hektisches Treiben, auch die ersten Reporter und Kamerateams trafen ein. Als ich mich langsam aus dem Staub machen wollte, traten auf einmal die beiden Kripobeamten Sutter und Tönz auf mich zu.

„Moment mal", meinte Tönz. „So leicht geht das bestimmt nicht."

„Was?"

„Hier einfach abhauen zu wollen. Sie sind der Einzige Zeuge, wir brauchen ihre Aussage."

„Aber ich habe doch schon alles Ihrer Chefin gesagt", log ich. Damit gab er sich aber nicht zufrieden. Hoffentlich beabsichtigte er nicht, mich mit aufs Revier zu nehmen.

„Warum haben Sie sie verfolgt? Wie sah der Mann aus, mit

dem sich die Attentäter getroffen haben? Was hatte er für ein Auto?" Grimmig sah er mich an und zückte einen kleinen Schreibblock aus der Tasche.

„Wie ich ihrer Vorgesetzten bereits sagte, wurde ich stutzig, als Nadja nach dem Anruf ihres Bruders so abrupt aufbrach, deshalb bin ich ihr heimlich gefolgt. Ich fuhr mit einem Taxi hinterher und ließ mich hier absetzen. Dann beobachtete ich das Szenario vom Imbisswagen aus. Als die beiden Typen in Erscheinung traten, rief ich sofort Ihre Chefin. Das Autokennzeichen und den Mann mit dem Strohhut konnte ich nicht erkennen. Und sonst weiß ich nichts."

„Sie waren bestimmt einige Stunden mit dieser Journalistin zusammen. Sie hat Ihnen doch bestimmt mehr erzählt, oder?"

„Nein, sie hielt sich sehr bedeckt. Ehrlich. Das ganze was sich hier abspielte, war bis zu dem eingehenden Telefonat ihres Bruders, überhaupt kein Thema gewesen."

Tönz machte sich ein paar Notizen. „Okay, Sie werden sich heute Abend um achtzehn Uhr dreißig auf unserer Dienststelle einfinden. Bestimmt fällt Ihnen noch was ein. In welchem Hotel übernachten Sie?"

„Im Theater-Hotel, ungefähr hundert Meter von hier."

„Wir werden das überprüfen. Verlassen Sie nicht ohne unsere Erlaubnis die Stadt. Verstanden?"

„Jawohl, Herr Kommissar."

Dann trottete ich davon.

KAPITEL 34

17.00 Uhr, Kripo Zürich

Krisensitzung bei der Kriminalpolizei Zürich.

In bedrückter Stimmung saßen die Beamten um den runden Konferenztisch und hingen ihren Gedanken nach. Paola Korb war noch nicht anwesend, sie führte noch ein Telefonat in ihrem Büro. Fünfzehn Minuten später betrat sie den Raum.

„Gruezi, die Herren. Leider müssen wir uns schon wieder treffen, die grausamen Umstände erfordern es. Wenn wir bis morgen keinen Drahtzieher den Anschlags finden, will der Polizeipräsident eine zusätzliche Sonderkommission mit dem Fall beauftragen."

„Er hat Ihnen ein Ultimatum gestellt?", fragte Tönz.

„So sieht`s aus. Anscheinend traut er uns nicht mehr zu, die Sache in den Griff zu bekommen. Er meinte, Zürich ist außer Kontrolle geraten."

„So ein Unsinn. Was soll eine Sonderkommission rausfinden, was wir nicht wissen?"

„Nichts. Vielleicht will er nur die Medien und Öffentlichkeit beruhigen. Morgen ist eine Pressekonferenz angesetzt um fünfzehn Uhr. Deshalb müssen wir schnellstmöglich Ergebnisse liefern. Also, fassen wir nochmals die Ereignisse zusammen: Alexander Lück informiert seine Schwester Nadja über Ungereimtheiten bei den Ermordeten. Welche?"

„Spuren, die durch die Bomben zerstört werden sollten",
antwortete Montani. „Spuren an den Leichen, außer den
festgestellten, üblichen Mordspuren. An den Toten sind
womöglich Hinweise, die niemand entdecken sollte. Warum
wurden denn zwei Bomben gezündet? Ganz sicher, um uns
in die Irre zu führen. Die zweite Bombe wo der Blonde
hatte, ist in den Räumen von Pharmakon detoniert. Genau
da, wo die Verwaltung ist mit den ganzen Unterlagen."

„Dann sollten also nicht nur Spuren an den Leichen, sondern auch Daten vernichtet werden?", fragte Lüthi.

„Schaut so aus", erwiderte Korb. „Das hieße im Umkehr-
schluss, es gibt eine direkte Verbindung von Pharmakon zu
den Getöteten. Da liegt vielleicht des Rätsels Lösung. Wir
müssen sofort herausfinden, wer die Hausärzte der Toten
waren, um ihren Gesundheitszustand der letzten Monate
analysieren zukönnen. Wir müssen von Ihnen alle Krankenakten einsehen."

„Das dürfte bei einem Obdachlosen wie Rudi Schlatter sehr
schwierig sein. Keine Freunde, keine Familie, er hatte bestimmt auch keinen Hausarzt", mutmaßte Montani.

„Vermutlich", antwortete Korb. „Trotzdem müssen wir
sämtliche Krankenakten der Toten von den letzten Jahren
in die Finger kriegen. Was fehlte Ihnen? Was wurde verabreicht? Fehlzeiten? Krankenhausaufenthalte?"

„Isabelle Werthmanns Hausarzt könnten wir morgen oder
übermorgen bestimmt befragen, der stand ja auf ihrer Ar-
beitsunfähigkeitsbescheinigung", meinte Sutter.

„Gehen Sie gleich nachher ans Telefon, und versuchen Sie

schnellstmöglich einen Besuch zu vereinbaren, womöglich auch in seiner privaten Wohnung", befahl Korb. „Dann gibt es noch zwei Herren, die wir sprechen sollten."

„Wen?", fragte Tönz.

„Die zwei Herren, die verantwortlich sind bei Pharmakon."

„Und wer ist das?"

„Einer ist Professor Doktor Matthias Walker, er ist der Geschäftsführer der Schweizer Niederlassung. Er wohnt in Hombrechtikon."

„Wo liegt das denn?"

„Im hinteren Teil des Zürichsees, fünf Kilometer von Uerikon entfernt. Nicht direkt am See, sondern ungefähr drei Kilometer Luftlinie oberhalb. Maximal dreißig Kilometer von Zürich aus."

„Soll ich ihn gleich kontaktieren?", fragte Tönz.

„Tun Sie das, aber erst nach unserer Besprechung."

„Und der Zweite?", wollte Montani wissen.

„Das ist der Studien - und Abteilungsleiter von Pharmakon, Dr. Peter Hürlimann. Er wohnt in Rapperswil, das kennt ihr ja wohl alle."

„Klar", antwortete Tönz, fast stellvertretend für alle.

„Wir brauchen", setzte Korb fort, „von allen Mitarbeitern die bei Pharmakon tätig waren, die Namen und Adressen. Wir müssen mit allen Angehörigen sprechen. Es fand während der Explosion eine Studie statt bei Pharmakon. Wir wissen noch nicht wer die ganzen Toten sind, es kann Tage dauern bis die Leichen identifiziert sind. Die Angehörigen haben ein Recht darauf, so schnell wie möglich zu erfahren, wer bei dem Anschlag starb. Des Weiteren, wenn wir schon keine Datenträger mehr haben, muß im Internet recherchiert werden, welche Studie zurzeit bei Pharmakon stattgefunden hat. Diese Firma stand doch schon vor einem Jahr mal am Pranger, als Nadja Lück dort einen vermeintlichen Skandal aufdeckte."

„Sie glauben also, Frau Korb", fragte Staatsanwalt Lüthi, „dass ein direkter Zusammenhang zwischen den Getöteten und Pharmakon besteht?"

„Ja, das glaube ich. Ein weiteres Indiz ist, dass einer unserer Gerichtsmediziner noch nebenberuflich einige der Studien mitbetreute. Ausgerechnet Alexander Lück, der heute seine Schwester ins Institut führte. Das kann bestimmt kein Zufall sein, die beiden wussten zuviel. Und, Herr Tönz: Paul Glaser hat vor einer halben Stunde den Verhör-Termin abgesagt, wegen Unwohlsein."

KAPITEL 35

18.15 Uhr, Theater-Hotel

Ich lag auf meinem Bett und starrte auf den Fernseher. Erst jetzt, knapp sechs Stunden nach der Tragödie, wurde mir das ganze Ausmaß bewusst. Nahezu alle Radio - und Fernsehstationen berichteten mit ihren Reportern live vom Geschehen. Nicht nur aus der Schweiz, sondern auch aus vielen anderen Ländern standen die Journalisten mit ihren Mikrofonen, und versuchten irgendwelche Ansprechpartner vor dem gesprengten Gebäude zu bekommen. Jeder, vom Sanitäter bis zum Feuerwehrmann war als Interviewpartner begehrt. Hauptsache, es gab was Neues zu verkünden. Die Anzahl der Toten wurde seit Stunden ständig korrigiert. Anfänglich war von vier (die beiden Lücks und die zwei Attentäter) die Rede, später wurden nach und nach auch andere Leichen entdeckt. Es fand nämlich neben der Gerichtsmedizin eine aktuelle Pharmastudie mit neun Teilnehmern statt. Wie ein Reporter soeben erzählte, war die zweite Bombe direkt in der Buchhaltung von Pharmakon platziert worden. Daneben befand sich der Aufenthaltsraum der Probanden, die dort zu Mittag aßen. Bei der Essens-Ausgabe und in der Küche waren vier Personen zugange. Im schlimmsten Fall, von dem auszugehen war, kamen bei dem Attentat mindestens fünfzehn Menschen ums Leben. Zwei Probanden wurden schwerverletzt und in die Uniklinik geliefert, wo man um ihr Leben kämpfte. Der Reporter sprach von „Glück", dass der Anschlag an einem Feiertag verübt wurde. Sonst wären in den Praxen über der

Gerichtsmedizin und Pharmakon, womöglich noch deutlich mehr Menschen ums Leben gekommen. Aber vielleicht wurde der Anschlag deshalb an einem Feiertag verübt, weil es ruhiger und unauffälliger in dem Gebäude zuging? Viel Anlass für alle möglichen Spekulationen, die sich fast stündlich änderten.

Erst jetzt kam mir wieder das Kuvert in den Sinn, dass Nadja mir gab. Ich holte es aus meiner Jackentasche und riss es auf. Natürlich hätte ich es der Polizei geben müssen, ich hielt womöglich Beweismaterial in den Händen, wenn auch nur in Form eines winzigen Datenträgers. Warum hatte es Nadja Lück ausgerechnet mir gegeben, einem Mann, den sie nicht einmal zwei Tage kannte?

Dazu noch einen Schlüssel. Ausgerechnet Ihren Wohnungsschlüssel. Warum gab sie ihn mir? Warum nicht einer Freundin oder ihren Eltern? Wollte sie unbedingt, das ich was Ungewöhnliches finde? Mir war das völlig schleierhaft. In der Vergangenheit „musste" ich immer monatelang warten, bis mir eine Freundin sowas Vertrauliches gab. Mein Schlüssel aus meiner eigenen Wohnung sah ähnlich aus. Sie musste geahnt haben, dass sie sich in größter Lebensgefahr befand. Ich kannte außer ihrem Bruder, der jetzt als Familenvater tot war, niemand aus ihrer Familie. Lebten ihre Eltern überhaupt noch? Sie hatte sie mit keiner Silbe erwähnt? Sollte ich versuchen sie zu kontaktieren? Würde die Polizei sich darum kümmern? Was wurde aus Lücks Frau und seinen drei Kindern?

Ich konnte die Bilder im Fernsehen nicht mehr länger ertragen und schaltete aus. Ich hatte keinen Laptop dabei, und musste irgendwo den Inhalt des Sticks unter die Lupe nehmen.

Es gab zwei Möglichkeiten: Erstens hier im Hotel, wo es sicherlich einen Raum für die vielen WLAN-Nutzer gab. Meistens waren in diesen Räumen auch Rechner für die Gäste, die ohne Tablet oder Notebook auf Reisen waren. Fast alle halbwegs modernen Hotels verfügten über solche Möglichkeiten. Oder Zweitens: Ich tat das, was ich als die spannendere Variante empfand; In Nadjas Wohnung gehen.

Nicht risikolos. Vielleicht wahnsinnig. Aber war es nicht schon wahnsinnig genug, überhaupt solche eine Mission vom Allgäu aus gestartet zuhaben? Und jetzt war ich in etwas hineingeraten, dass alles bisherige in meinem Leben in den Schatten stellte. Eigentlich war mein Leben, bis zu dem Ereignis mit Peter Kelly, „relativ" langweilig verlaufen. Was heißt langweilig, wahrscheinlich stinknormal geordnet, wie bei dem größten Teil der Bevölkerung. Trotz meiner Blessuren und der Tragödie war mein Ehrgeiz größer denn je. Vielleicht werden bei solchen Erlebnissen ungeahnte Testosteron - und Adrenalinschübe ausgeschüttet, die den Verstand verändern? Ich hatte damit angefangen und würde es jetzt auch zu Ende bringen. „Mitgehangen, Mitgefangen", hieß doch ein schönes Sprichwort, oder zumindest so ähnlich.

Auch die Polizei, oder womöglich dieser ominöse Auftraggeber konnten das gleiche Ziel wie ich verfolgen. Sie waren bestimmt der gleichen Annahme, dass Nadja noch Beweise hatte, in welcher Form auch immer. Meine Hoffnung war, dass die Annahme der „Anderen" sich auf Nadjas Arbeitsplatz konzentrieren würde. Und das war in den Räumen ihres Arbeitsplatz, des „Zürcher Tagblatts".

Schließlich war sie dort tagtäglich in ihrem Büro von früh bis spät.

Mit dieser These machte ich mir selbst Mut, und zog meine Clogs an. Ich musste sofort handeln, bevor mir jemand zuvorkam. Sollte sich wirklich die Polizei in ihrer Wohnung aufhalten, würde ich es ja sehen und konnte immer noch umdrehen.

Ich betrachtete mich im Spiegel und sah einen leicht lädierten, unrasierten Typen. Meine braunen Augen sahen müde aus und waren leicht gerötet. In meinen kurzen schwarzen Haaren ertastete ich meine Beule. Außer leichten Kopfschmerzen fühlte ich mich aber den Umständen entsprechend gut. Nachdem ich meine Clogs anhatte, zog ich ein Käppi auf und meine Lederjacke an. Dann verließ ich das Zimmer.

Und dann tat ich das, was die Hotelgäste eigentlich niemals tun sollten: Ich verließ das Hotel durch den Personaleingang der Angestellten. Schließlich konnte man ja nie wissen, wer einen so alles beobachtete. Oder litt ich vielleicht schon unter Paranoia? Ich zog mir mein Adidas-Käppi tief in die Stirn und schlich mich aus dem Hotel. Es gab in dem kleinen Haus bestimmt wenig Personal, deshalb hatte ich keine große Angst entdeckt zu werden. Das Abenteuer ging weiter.

KAPITEL 36

18.30 Uhr. Auf dem Weg zu Nadja`s Wohnung

Der rückseitige Ausgang des Hotels führte über einen Hinterhof, wo zwei Fahrzeuge standen. Vermutlich der Mann an der Rezeption und sonst ein Angestellter. In der kurzen Zeit die ich bisher im Haus war, sah ich nur (gelegentlich) ein Zimmermädchen sowie drei Frauen, die sich wahrscheinlich als Minijobber um das Frühstücksbuffet kümmerten, dass es zwischen sieben - und zehn Uhr gab. Halbpension wurde gar keine angeboten, auch die Rezeption war nur von acht bis vierzehn und sechzehn - zwanzig Uhr besetzt.

Nadja`s Wohnung lag ungefähr dreihundert Meter Luftlinie vom Bellevueplatz entfernt, in der Waldhausstrasse. Trotz der kurzen Entfernung zur Altstadt, hat dieser Teil der Stadt wieder einen eigenen Stadtteilnamen, nämlich Hottingen. Die Hauptstrasse die dort hinführte, hat wie so oft bei diesen Stadtteilen, den gleichen Namen. Ich lief bei einsetzendem leichtem Regen, die Hottingerstrasse entlang, kam am Römerhofplatz vorbei, und ging weiter Richtung Kurpark. Der Weg lag unweit der Bahnlinie, die vom Bahnhof Stadelhofen direkt an das große Kurparkgelände führte. Links von mir sah ich den anfänglich zähflüssigen Verkehr, der immer mehr abnahm, wobei mir ein Auto auffiel, das immer wieder Seitenstreifen anfuhr. Vielleicht um nicht „zu schnell" zu sein? Meine Beobachtungsgabe hatte, seit ich in Zürich war, fast schon beängstigende Ausmasse angenommen.

Immer wieder schielte ich zu dem Fahrzeug, dessen Fahrer ich nicht sofort erkennen konnte. Wurde ich doch beschattet? Wenn ja, von wem? Langsam sah ich mehr, da mir das Fahrzeug immer mehr auf den Pelz rückte.

Bei dem Wagen handelte es sich um einen Opel Omega, älteren Baujahrs. Es saßen mehrere Männer drin, so viel konnte ich zumindest erkennen. Dann hatte ich Hottingen erreicht, und es waren noch knapp hundert Meter über die Dolderstrasse bis zum Beginn der Waldhausstrasse. Das wusste anscheinend auch der Fahrer des Omegas, der zehn Meter vor mir hielt. Er konnte auch nicht weiterfahren, da die Waldhausstrasse von seiner Richtung aus in einer Sackgasse mündete, die nur von der entgegengesetzten Richtung für Anlieger befahrbar war.

Das war dem Fahrer anscheinend auch ziemlich egal, weil er ein anderes Ziel hatte. Nämlich mich! Aus dem Viertürer öffnete sich hinten die rechte Tür, und ein junger Mann stieg aus. Dann setzte der Fahrer zurück und fuhr hinter mich. Erst jetzt wurde mir bewusst, dass mir die Typen den Weg abschnitten. Der Gehweg war jetzt durch beide Seiten blockiert. Der zweite Mann stieg auf der Beifahrerseite aus und sah mich grinsend an. Nicht nur aus guter Laune, sondern weil ich sah, warum er sich so amüsierte: Er trug an der rechten Hand einen Schlagring, und freute sich bestimmt schon darauf, mir damit große Schmerzen zufügen zukönnen. Der Fahrer war anscheinend nur als „Handlanger" dabei, denn er setzte zurück und zündete sich dann im Fond eine Zigarette an. Bestimmt sollte er beobachten, ob Fußgänger die makabre Szenerie verfolgten, und ob die Typen mich „artgerecht" verprügelten. Erst jetzt sah ich ge-

nau, wie die beiden aussahen: Zwei Jugendliche, man könnte auch sagen „Halbstarke", die bestimmt noch nicht volljährig waren. Ich schätzte sie auf sechzehn und siebzehn
Jahre. Vielleicht sahen sie aber auch nur so jung aus, auf
jeden Fall nicht so, wie man sich brutale Schläger eigentlich
vorstellte. Der, der fünf Meter vor mir stand, war knapp
eins achtzig, hager mit Babyface und hellbraunem sauber
gescheitelten Haar. Der andere befand sich in meinem
Rücken, deshalb musste ich mich zur Seite drehen, um beide im Auge behalten zu können. Er hatte eine dunkle, leicht
lockige Mähne, war höchstens eins fünfundsiebzig und war
etwas stämmiger. Der Reichweitenvorteil lag zumindest
aufgrund der Größe bei mir. Und wie man das oft in Filmen
bei solch heiklen Situationen sieht, kein Mensch weit und
breit der mir hätte helfen können!

Ich konnte nur leicht seitlich zurückweichen, um beide im
Auge behalten zu können, und stieß auf ein Hinderniss.
Einen Baum. Na prima. Ich lehnte mich mit dem Rücken dagegen, und wartete auf das was jetzt geschah. Würden
beide gleichzeitig auf mich losstürmen?

Als ich die Kleidung der beiden betrachtete, fiel mir nur ein
Wort ein. Das Wort lautet: Wegwerfartikel.

Dann wurde mir ein weiteres Manko bewusst, dass mir erst
jetzt siedendheiß einfiel, als ich meine linke Hand bewegte:
Ich war bandagiert.

Ich bin zwar ein schneller Läufer, aber durch den Aufprall
bei der Explosion hatte ich eine Prellung, und fühlte mich
nicht in topfittem Zustand. Deshalb blieb ich stehen. Zur
Flucht war es jetzt eh zu spät, außerdem trug ich Clogs.

Der Größere rechts von mir, trat einen weiteren Schritt auf mich zu, während der Kleinere auch einen Schlagring überstreifte. Langsam bekam ich eine Heidenangst, ohne kosmetische Operationen nicht mehr zurück ins Allgäu fahren zu können. Auch der Kleinere, jetzt mit Schlagring, trat leicht seitwärts einen Schritt nach vorne. So verbesserten sie ihren Winkel. Ich stand mit dem Rücken zum Baum und hatte nur noch in einem Winkel von hundertachtzig Grad freien Raum vor mir. Beide wollten links und rechts von sich einen freien Winkel von fünfundvierzig Grad haben. Versuchte ich doch noch zu fliehen, waren alle Richtungen gleich gut blockiert. Trotz ihres jungen Alters glichen die beiden einem eingespielten Tennisdoppel.

Beide waren Rechtshänder, deshalb trugen sie auch dort ihren Schlagring.

Eines wussten die beiden aber nicht: Ich war kein hilfloses Opfer, das in Ehrfurcht und Angst erstarrte, sondern hatte jahrelanges Training hinter mir. Ich war seit meinem zwanzigsten Lebensjahr im Karatetraining und hatte den zweiten schwarzen Gürtel. Nur, außer einer kleinen Schlägerei vor fünf Jahren auf der Festwoche in Kempten, hatte ich es außerhalb des Trainings nie angewandt. Und erfahrene Schläger sind fies, hemmungslos und achten auf keinerlei Fairness.

In der Regel.

Ich befürchtete auch bei diesen beiden Jugendlichen, waren Fairness und Regeln ein Fremdwort.

Die erste Regel, wenn man gegen Typen mit Schlagringen antritt: Lass dich nicht treffen. Vor allem am Kopf. Aber auch Treffer am Arm oder an den Rippen können Knochenbrüche und Muskellähmungen zur Folge haben.

Treffer vermeidet man am besten dadurch, dass man eine Waffe zieht und die Gegner aus nächster Nähe abknallt. Ende der Vorstellung. Aber diese Möglichkeit hatte ich nicht. Ich war unbewaffnet, bis auf meine Hände, Füße und Kopf. Die zweitbeste Möglichkeit besteht darin, die Gegner von sich fernzuhalten oder eng an sich zu drücken. Sind sie weit weg, können sie wild um sich schlagen und treffen doch nicht. Hält man sie an sich gedrückt, können sie überhaupt nicht zuschlagen. Auf Distanz hält man sie durch überlegene Reichweite, wenn man sie besitzt, oder indem man die Füße benutzt. Meine Reichweite ist außerordentlich groß, ich habe sowohl lange Arme als auch Beine. Aber ich hatte es mit zwei Kerlen zutun und wusste nicht recht, ob Fußtritte eine Option waren, die ich zusätzlich nutzen konnte. Vor allem weil ich miserable Schuhe trug. Lose sitzende Gartenclogs aus Gummi. Bei diesem Schuhwerk sind nackte Füße in der Regel deutlich besser, deshalb streifte ich sie mir unbemerkt ab, während die zwei Milchbubis mich immer noch regungslos anstierten. Seit einer Minute verharrten sie unbeweglich auf gleicher Stelle.

Warum waren keine Fußgänger in der Nähe?

Ich würde die Füße einsetzen, aber nur wenn es nicht anders ging, denn man riskiert trotz jahrelangen Trainings, Knochenbrüche. Außerdem ist man aus dem Gleichgewicht, sobald ein Fuß den Boden verlässt und potenziell verwundbar. Aber jetzt ohne Clogs war ich schneller und wendiger und hatte einen besseren Stand. Außerdem konnte ich schneller laufen, wenn sich doch noch eine Lücke ergab. Ich
183

stemmt meine rechte Ferse gegen den Baum hinter mir an dem ich lehnte.

Ich wartete. Wie sie.

Ich rechnete jeden Sekundenbruchteil damit, dass sie sich beide gleichzeitig auf mich stürzen würden. Angriffe von halb links und halb rechts. Mehr oder weniger synchron. Die gute Nachricht war, dass sie mich (vermutlich) nicht umbringen würden. Das hätten sie mit anderen Waffen und womöglich Schalldämpfern, in ein paar Sekunden erledigen können. Die schlechte Nachricht war, dass es viele schwere Verletzungen gab, die dauerhaft die Gesundheit beinträchtigen können. Manche Opfer solcher Exzesse waren für den Rest ihres Lebens behindert. Erst vor kurzem sah ich in „Aktenzeichen XY" so einen furchtbaren Fall.

Auf einmal sagte der Größere der beiden, rechts von mir:

„Es muss nicht zum Schlimmsten kommen. Geh freiwillig mit uns, zu dem Wagen da vorn." Er deutete auf den Omega, dessen Fahrer, der mir etwas älter erschien, unentwegt rauchte.

Er sprach mit starkem Schweizer Akzent, aber er konnte sich trotzdem klar verständlich ausdrücken.

„Wohin mitkommen?", fragte ich, und lauerte wie ein gespannter Bogen der jeden Moment abgeschossen wird.

„Du weißt, dass ich dir das nicht sagen darf. Du erfährst es später. Du kriegst eine Augenbinde und kannst in spätestens zehn Minuten mit unserem Auftraggeber sprechen."

„Auf die Augenbinde verzichte ich gern", entgegnete ich.

184

„Aber ihr habt immer noch die Möglichkeit unbeschadet zu gehen. Ich melde euch auch nicht bei der Polizei."

„Sei kein Dummkopf. Wenn du nicht freiwillig mitgehst, endest du als Pflegefall. Du hast gegen uns beide überhaupt keine Chance."

Ich erinnerte mich an den Fall „Dominik Brunner", der einige Kinder vor zwei Schlägern schützen wollte. Er überlebte es nicht. Allerdings hatte er ein schwaches Herz, dass hatte ich nicht.

Es redete immer der Größere, rechts von mir. Ich hielt ihn für den „Chef" der beiden. Der Vorteil eines synchronisierten Angriffs zweier Gegner liegt darin, dass es ein Startsignal geben muss. Vielleicht nur ein Blick oder ein Nicken, aber es ist immer da. Und der Typ war der Chef, der andere wartete nur auf das entscheidende Signal. Ich beobachtete seine Augen und Oberkörper sehr aufmerksam.

„Wer hat euch beauftragt?", fragte ich, und schielte eine Sekunde kurz zur Seite, um zuschauen, ob es keine Spaziergänger oder Hausbewohner gab, die vielleicht die Polizei riefen.

„Komm mit, und du erfährst es."

„Ich frage euch."

Keine Antwort mehr. Keine Fortsetzung des Gesprächs. Ich merkte, wie sie sich anspannten. Ich beobachtete weiter sein Gesicht. Sah, wie sich seine Augen leicht weiteten, bevor er mit vorgerecktem Kopf kaum wahrnehmbar nickte.

Das Angriffssignal!

Dann stürzten sie sich beide auf mich. Ich stieß mich mit meinem Fuß von dem Baum hinter mir ab, presste die Fäuste an meine Brust, spreizte beide Ellbogen wie Tragflächen und stürmte mit ebensolcher Wucht gegen sie an. Wie ein zusammenfallendes Dreieck prallten wir an einem Punkt zusammen, und meine Ellbogen trafen sie im Gesicht. Rechts spürte ich, wie dem Größeren die oberen Zähne ausgeschlagen wurden, während auf der anderen Seite der Unterkiefer des Kleineren nachgab. Energie ist Masse mal Geschwindigkeit im Quadrat. Masse besaß ich reichlich, aber meine Geschwindigkeit war einen Tick geringer, als wenn ich topfit in den Kampf gegangen wäre.

Was die Aufprallenergie etwas verringerte.

Was bedeutete, dass sie auf den Beinen blieben.

Was mich noch mehr Mühe kostete.

Ich warf mich sofort herum, und traf den Größeren mit einem gewaltigen Rundschlag am linken Ohr. Mit meiner gesunden rechten Faust, versteht sich. Ohne Stil. Ohne Raffinesse. Nur ein brachialer, hässlicher Schlag. Sein Kopf schnellte zur Seite, sodass das rechte Ohr die Schulter berührte. Dem anderen versetzte ich mit meiner rechten Fußkante einen Tritt in den Magen, wo ich auf viel weiches Fleisch traf um meinen Fuß zu „schonen". Der Tritt hatte aber eine starke Wirkung, sodass jetzt beide gleichzeitig zusammenfielen wie ein Kartenhaus. Jetzt hatte ich leichtes Spiel. Dem Größeren versetze ich noch einen Handkantenhieb gegen die rechte Halsseite, der Kleinere bekam einen weiteren Fußtritt gegen die Nase, dass es knackte.

Das reichte.

Immer noch keine Beobachter und Zaungäste des Spektakels. Kein Mensch in der Nähe.

Der Wagen mit dem Fahrer fuhr mit quietschenden Reifen davon, und ich massierte meine Hand - und Fußkante.

Ich zitterte überall am ganzen Körper. Das überschüssige Adrenalin ließ mich innerlich verbrennen. Die Nebenniere arbeitete verdammt langsam und dann kann sie überkompensieren. Zu viel Produktion, die zu spät kam. Ich brauchte zehn Sekunden, um wieder richtig atmen zu können. Weitere zehn, um mich wieder zu beruhigen.

Dann zog ich meine Clogs an und lief weiter.

KAPITEL 37

18.50 Uhr, Stadtpolizei Zürich

Im Gegensatz zur Kantonspolizei und Kripo befand sich die Stadtpolizei nicht am Rathausplatz, sondern unweit des Hauptbahnhofes.

„Eine Schlägerei sagen Sie?", fragte Thomas Fässler, ein vierzigjähriger, diensthabender Polizist mit dem Hörer am Ohr.

„Ja, kommen Sie schnell. Zwei Jugendliche haben einen Mann umzingelt und tragen zwei Schlagringe an ihren Fäusten."

„Scheiß kranke Jugend. Wo genau spielt sich das ab?"

„Ecke Waldhaus/Kurhausstrasse in Hottingen."

„Okay, ich schicke gleich mehrere Streifenfahrzeuge hin. Mischen Sie sich auf keinen Fall ein."

„Tue ich bestimmt nicht", sagte der Anrufer. „Ich wurde schon einmal Opfer eines Überfalls. Einen dieser beiden Junkies hab ich schon am Hauptbahnhof gesehen."

„Halten Sie Abstand, und falls Sie die Möglichkeit haben: Schießen Sie Fotos mit dem Handy!"

„Hab nur ein altes Klapphandy ohne Kamera. Ich lege jetzt auf. Ich glaube, es geht gleich los."

„Halt! Warten Sie! Wie ist ihr Name?"

Doch der Anrufer hatte schon aufgelegt.

Zwölf Minuten später standen sieben Polizisten und ein Sanitäter am Tatort und sahen sich die Opfer an.

„Was meinte der Anrufer?", fragte Markus Kern, ein junger Beamter, an seinen älteren Kollegen Winterkorn gerichtet: „Zwei Jugendliche bedrohen einen Mann? So wie das hier aussieht, hat eher ein kampferprobter Mann zwei halbwüchsige Milchbubis windelweich geschlagen?"

„Die Kids sehen nur so harmlos aus", entgegnete Winterkorn. „Die zwei kenn ich. Drogen, Überfälle, Vandalismus. Das Register dieser Jugendlichen ist lang. Zwei sogenannte Intensivtäter, seit ihrem zehnten Lebensjahr. Und der Richter hat sie immer nur ermahnt und wieder laufenlassen. Letztes Jahr haben sie einen Obdachlosen halb totgeprügelt, nur wegen zwei Flaschen Bier. Die bringen wir, wenn sie verarztet sind, am besten bei der Kripo vorbei. Sollen sie sich weiter um sie kümmern und später vernehmen, dazu sind sie vorerst eh nicht in der Lage. Und dieser Anrufer scheint auch Angst gehabt zu haben. Er hat keinen Namen hinterlassen und mit unterdrückter Nummer angerufen."

Sie sahen, wie der mittlerweile eingetroffene Notarzt die beiden verarztete. Keiner war in der Lage zu sprechen, vielleicht wollten sie aber auch nicht. Winterkorn und Kern wollten ihnen trotz ihrer Blessuren Handschellen anlegen. „Lassen Sie das", meinte der Arzt. „Sie werden die nächsten Stunden weder gehen noch reden können. Sie müssen sofort in die Klinik eingeliefert werden. Beim einen ist der Kiefer zertrümmert, beim anderen die Nase. Außerdem liegen hier einige Zähne rum. Der Stämmigere der beiden hat sich zudem eine schwere Gehirnerschütterung zuge-

189

zogen. Und so wie es aussieht, noch einen Teil der Zunge abgebissen. Der Mann, der dass getan hat, muss wirklich Hammerhart sein. Und dann geht er einfach weiter, als ob nichts gewesen wäre."

„Was meinst du?", fragte einer der Polizisten. „War das ein Raubüberfall oder eine gezielte Attacke? Ich meine, natürlich von Seiten der Jugendlichen."

Winterkorn sah sich die beiden an, die immer noch halb benommen am Boden lagen: „Nicht mehr unser Problem. Die Kollegen von der Kripo sollen sie die nächsten Tage verhören. Aber ich würde meine letzten tausend Franken wetten, dass die kein Sterbenswörtchen von sich geben, auch in den nächsten Tagen. Wetten daß?"

KAPITEL 38

19.05 Uhr. Dreihundert Meter entfernt

Ich war immer noch voll Adrenalin gepumpt, als ich die Sirenen hörte. Anscheinend hatte doch jemand was gesehen und die Polizei verständigt. Hoffentlich hatte niemand irgendwelche Aufnahmen von mir gemacht, oder konnte eine gute Beschreibung abgeben. Ich hatte keine Lust bei der Polizei unnötig Zeit mit Verhören zu verplempern. Die hatten mich bestimmt eh schon auf dem Kicker, weil ich diesem komischen Tönz eine Absage erteilt hatte. Und wenn der das erfahren würde, was ich mit den beiden Kids gemacht hatte, wäre meine Krankheitserklärung in ihren Augen bestimmt eine Lachnummer.

Ich erreichte die Waldhausstrasse zehn Minuten später. Ich sah mich vorsichtig nach allen Seiten um, ob mir irgendwas verdächtig vorkam. Alles ruhig. Der Regen hatte aufgehört und der Himmel war eine hellgraue Fläche, die immer dunkler wurde. Es war kurz vor zwanzig Uhr, als ich an den Haupteingang trat. Die Tür war nicht verschlossen und es klebte ein Zettel neben der Klinke:

An die Hausbewohner! Um zwanzig Uhr den Riegel am Schloss hochschieben!

Das tat ich dann auch, nachdem ich innen war. Nicht das irgendwelche zwielichtigen Gestalten noch eintraten, bevor ich wieder draußen war. Womöglich kamen noch andere auf solche tolle Ideen am Abend. Ich drückte im Gang den Lichtschalter und lief zu Nadjas Wohnung über das Treppenhaus hoch. Ich sah mich links und rechts um und steckte dann den Schlüssel in ihr Schloss. Langsam hatte ich Erfahrung mit solchen Aktionen.

Treffer! Der Schlüssel passte. Warum hätte sie ihn mir sonst auch gegeben?

Ich betätigte den Lichtschalter und lief zu ihrem Büro. Alles war unverändert seit ich mit ihr gestern das Haus verlassen hatte. Insgeheim hatte ich befürchtet, es wäre jemand vor mir dagewesen und alles wäre durchwühlt worden.

Bevor ich den Computer einschaltete, sah ich mich in ihren Ordnern um; Belege, Nebenkostenabrechnungen, KFZ – Versicherung, Kaufbelege. Dann erst wurde es langsam interessanter. Ausgeschnittene Zeitungsartikel von Reportagen die sie selbst verfasst hatte. Dann ein Artikel, der der Sache schon ziemlich nahe kam:

„PHARMAKON IN DUBIOSE MACHENSCHAFTEN VERWICKELT? STUDIEN UM JEDEN PREIS?"

„Sind manche Arzneimittelstudien gar nicht zulässig?", stand darunter.

Dann ein längerer Text, den Nadja geschrieben und recherchiert hatte. Der Artikel wurde 2014 veröffentlicht, also letztes Jahr. Jetzt war mir klar, warum ihr Bruder dort aufhören wollte, ja eigentlich musste.

Dieser und weitere Artikel, mussten schnellstmöglich der Polizei zugespielt werden. Ich war mir aber sicher, dass die Kriminalpolizei die Firma bereits im Visier hatte. Es war nur noch eine Frage von Tagen oder vielleicht Stunden, bis sie die Wohnung von ihr oder ihrem Bruder durchstöberten.

Außer sie hatten noch brisantere Spuren, von denen ich noch nichts wusste. Ich klappte den Ordner zu, und steckte rechts in den Schacht des Laptops den Stick. Ich öffnete die Datei, und wurde zuerst nicht schlau daraus. Dann ergab es einen Sinn. Nadja hatte wahrscheinlich mithilfe ihres Bruders, sämtliche Studien der letzten fünf Jahre eingescannt, und dann auf den Stick kopiert. Namen der Studien, Forschungsziele und die ganzen Namen der Probanden.

Dreihundertvierundachtzig Teilnehmer waren aufgeführt, die in den letzten Jahren an den Studien teilgenommen hatten. Ich ging Name für Name durch. Spalte für Spalte. Im Jahr 2014 sah ich eine Studie für: „Eine randomisierte, doppelblinde, zweiarmige Parallelgruppenstudio zur Untersuchung der Pharmakokinetic", mit acht Gruppen a` neun Teilnehmern. Was immer das auch alles heißen sollte.

In Gruppe drei blieben meine Augen wie gebannt hängen.

Peter Kelly`s Vermutung war richtig, als ich einen Namen las: Walter Pickert!

Der (für ihn) Drahtzieher dieser Morde im Allgäu, hatte nicht nur in Zürich und Arbon gewohnt, er hatte auch an zwei Studien bei Pharmakon teilgenommen.

Endlich konnte ich mit Erleichterung lesen, dass ich nicht umsonst nach Zürich gereist war. Nicht umsonst in dieses ganze Schlamassel geraten war. Nicht umsonst in ein schreckliches Attentat durch Zufall geraten war.

Ich war auf dem richtigen Weg. Jetzt konnte ich nicht nur Peter einen Gefallen tun, sondern ich war auch dem Drahtzieher dieser unzähligen Morde hier in der Stadt, ganz dicht auf den Fersen.

Es gab mir den Mut weiterzumachen.

Walter Pickert war irgendwo in dieser Region unterge-
taucht. War er nur Proband, oder war er noch mehr in diese
Sache verstrickt? Ich würde es herausfinden, ich wusste es.

Höchste Zeit, demjenigen einen Besuch abzustatten, der in
den Augen der Lücks, ein gerissener Verbrecher war. Aber
zuvor brauchte ich noch die Hilfe eines anderen, der mir
wichtige Informationen besorgen konnte.

KAPITEL 39

Knapp dreißig Kilometer von Zürich Richtung Rapperswil, liegt die kleine Gemeinde Hombrechtikon. Ein Ort, der die letzten Jahre durch viele Zuzüge von Firmen, neuen Bewohnern und zahlreichen Neubaugebieten, seine Einwohnerzahl in einem Jahrzehnt fast um dreißig Prozent gesteigert hatte. Der attraktive Ort lag auf einer kleinen Anhöhe, mit teils wunderbaren Aussichten auf die Alpen und den ewig langen Zürichsee. Mit knapp zweiundvierzig Kilometern Länge zieht sich der riesige Zürichsee durch drei Schweizer Kantone.

Obwohl der begehrte See fast fünf Kilometer unterhalb der Gemeinde lag, war der Zuzug ungebremst. Das lag zum einen an den Mieten, die deutlich geringer als in Zürich waren, zum anderen an der ruhigen idyllischen Region, die mit dem Lützelsee auch noch einen kleinen und feinen Moorsee zu bieten hatte.

Das Wetter blieb wechselhaft, aber mit knapp sechzehn Grad war es einigermaßen erträglich. Dunkle Wolken kündigten aber schon wieder Niederschläge an.

In einem schicken Viertel am Ortsbeginn, wo sich vornehmlich gutsituierte und junge Familien niederließen, wohnte Dr. Matthias Walker in der Wisentalstraße. Er war Geschäftsführer der Pharmakon Schweiz, einer 100-Prozentigen Tochtergesellschaft von der Texal-Pharmakon AG aus Boston.

195

Kommissar Montani und seine Chefin Paola Korb läuteten um Punkt zwölf Uhr an der Haustür des rotbraun gestrichenen Einfamilienhauses, das neben einem hervorstechenden, schick gemalten Fachwerkhaus lag. Nach dem zweiten Klingeln öffnete eine Frau, Mitte vierzig, mit kleinerer Statur. Sie hatte ihre bereits ergrauten Haare zu einem Zopf gebunden.

„Frau Walker?", fragte Montani.

„Ja", antwortete sie. „Sie wünschen? Sie sehen nicht wie Vertreter aus."

„Sind wir auch nicht, Frau Walker. Ich heiße Korb und das ist mein Kollege Montani. Wir sind von der Kripo Zürich. Können wir Sie kurz sprechen? Es geht um den Anschlag in Zürich und um Ihren Mann." Sie zeigte ihren Ausweis.

„Mein Gott!", seufzte Dorothea Walker. „Eine grauenvolle Tat. Hat man schon irgendwelche Spuren der Täter gefunden? Ach Entschuldigung, kommen sie erst mal rein."

Als sie durch den Flur in das Wohnzimmer gingen, sahen sie zwei Kinder von vielleicht zehn und zwölf Jahren, die sie misstrauisch beäugten. Walker ging voraus, und sie liefen durchs Wohnzimmer in einen großen Wintergarten, wo sie in gepolsterten Gartensesseln Platz nahmen.

„Möchten Sie was trinken?", fragte Walker.

„Nein, danke", antwortete Korb. „Frau Walker, wo ist Ihr Mann?"

„In den USA, seit gut einer Woche. Warum?"

„Was macht er dort?", fragte Montani.

„Er ist auf Geschäftsreise."

„Im Auftrag von Pharmakon?"

„Ja, klar. Dreimal im Jahr fliegt er rüber nach Boston zum Mutterkonzern."

„Haben Sie die letzten drei Tage mit ihm gesprochen?"

„Nein, warum?"

Montani und Korb sahen sich an.

„Sprechen Sie nicht als Ehepartner täglich miteinander? Vor allem, wenn der Ehegatte tausende von Kilometern entfernt unterwegs ist?", fragte Montani verwundert.

„Also, hören Sie mal. Wir sind jetzt seit fast einundzwanzig Jahren verheiratet, da spricht man nicht mehr jeden Tag miteinander. Ich bin es gewohnt, dass er seit Jahren immer wieder mal einige Wochen weg ist. Wir senden uns Mitteilungen über „Whats App", und einmal skypen wir vielleicht mal in der Woche."

„Wann war ihr letztes Telefonat mit ihm?", wollte Korb wissen.

„Vor einer Woche. Ja genau, es war letzten Sonntag um die Nachmittagszeit."

„Würde es Ihnen was ausmachen, ihn jetzt auf dem Handy anzurufen?"

„Jetzt in dem Moment?" Sie sah beide ungläubig aus ihren blauen Augen an.

„Ja sicher, oder spricht was dagegen?", fragte Montani und kratzte sich am Kinn.

„Vielleicht ist er gerade in einer Besprechung?"

„Jetzt am Ostersonntag? Um diese Zeit? In Boston ist jetzt frühester Morgen, und Ostern gibt's doch dort auch, oder?" meinte Montani.

„Auch an den Feiertagen haben sie öfters Geschäftsessen und solchen Kram. Aber wenn es Ihnen so wichtig ist, kann ich es gern probieren."

„Das wäre sehr nett, wir würden ihn wirklich gern kurz sprechen", meinte die Korb, und blickte ihr genau in die Augen. Sie glaubte, dort ein kurzes Flackern zu erkennen.

Dorothea Walker ging aus dem Raum und holte ein Schnurlostelefon an den Tisch. Dann tippte sie auf eine Kurzwahltaste des Mobilteils. Die beiden Kripobeamten verfolgten jede ihrer Bewegungen. Nach zwanzig Sekunden meinte Walker: „Er geht nicht hin, die Mailbox ist dran."

„Rufen Sie nochmal an, und sagen Sie ihm bitte, er soll sie sofort zurückrufen", bat Montani. „Es geht um Leben und Tod."

„Wenn Sie meinen." Erneut wählt sie und sprach nach zwanzig Sekunden: „Matthias, ruf so schnell es geht zurück. Es ist was Brisantes passiert." Dann legte sie auf.

„Zufrieden?", fragte sie.

„Ja", antwortete Kommissar Montani. „Aber eine Bitte, Frau Walker: Wenn ihr Mann die nächsten fünf Stunden nicht zurückruft, sollten Sie uns sofort informieren. Wir müssen dann mit allem rechnen, auch dem Schlimmsten."

„Was soll denn das jetzt heißen? Sie machen mir wirklich

ganz schön Angst."

Korb zog ihre Stirn in Falten. „Also, langsam müssen wir uns schon sehr wundern, Frau Walker. Da gibt es einen Anschlag, wie nie zuvor in der Geschichte Zürichs, und sie tun so, als wäre das nur ein kleiner Betriebsunfall gewesen."

„Sie glauben doch wohl nicht im Ernst, dass mein Mann mit diesem Anschlag was zutun hatte?"

„Möglich ist alles", entgegnete Montani. „Aber auf der anderen Seite könnte er auch in Gefahr sein. Vielleicht will der Attentäter unbequeme Mitwisser ausschalten? Es wird bestimmt noch rauskommen, wer in dieser Firma alles Dreck am Stecken hat."

KAPITEL 40

Zur gleichen Zeit in Zürich

Während ich mich mit meinem Kopfhörer zudröhnte, mit Musik von Madonna, überlegte ich krampfhaft, wie ich Walter Pickert in Zürich finden konnte. Über Google und dem Telefonbuch gelang es mir zumindest, vier Pickerts ausfindig zu machen, die ich mir alle aufschrieb. Bei dreien stand eine Telefonnummer dabei, die ich auch anrief. Aber alle schworen Stein und Bein, weder verwandt noch verschwägert mit einem „Walter" zu sein. Und was macht ein Hobby-Detektiv, der nicht mehr weiterkommt? Ganz einfach, er kontaktiert eine richtige Detektei. Ich suchte mir aus den Gelben Seiten drei heraus, die sich im Zürcher Innenstadtbereich befanden. Zwei hatten nur ihren Anrufbeantworter geschalten (kein Wunder, es war ja schließlich Ostern), beim Dritten hatte ich erstaunlicherweise Glück.

„Kommen Sie in mein Büro", sagte mir Jakob Lechner, eine Ein-Mann-Detektei. „Ich bin in der Sumatrastrasse, achtzig Meter entfernt von der Liebfrauen-Kirche. Von ihrem Hotel aus höchstens ein halber Kilometer. Sie können gleich kommen. Meine Wohnung und Büro sind im gleichen Gebäude, in der Hausnummer 26. Bringen Sie aber gleich eine Anzahlung mit, von hundert Franken. Schecks und Kreditkarte nehme ich nicht."

„Mach ich, bis gleich." Kurze und klare Ansagen liebte ich.

Ich zog zu meiner einzigen (zu Hause hatte ich noch drei) Jeans, die ich dabei hatte, ein blaues Sweatshirt, meine

Lederjacke und Hikingschuhe an. Mit Clogs würde ich hier keinen Schritt mehr aus dem Hotel machen.

Dreißig Minuten später stand ich im Büro von Jakob Lechner, einem ergrauten Mittvierziger mit Stirnglatze, Brille und beachtlichem Bauchansatz. Bei der Begrüßung sah ich seine gelblichen, wahrscheinlich vom Nikotin gefärbten Zähne. Er trug eine blaue Feincordhose und ein buntes Baumfällerhemd. Seine grünen Augen waren gerötet, als ob er eine durchzechte Nacht hinter sich gebracht hatte.

Er hatte ein fünfzehn Quadratmeter-Büro in seiner Dreizimmerwohnung. Außer einem kleinen Schreibtisch auf dem ein Laptop, Drucker und Telefon stand, hatte er nur zwei Holzstühle und eine Orchidee am Fenster stehen. Ich nahm an, dass er diesen Job nur als Nebenerwerb ausübte.

Bereits am Telefon hatte ich ihm erklärt, dass ich nur eine kleine Sache hätte; Nämlich einen Mann namens Walter Pickert in Zürich oder Umgebung zusuchen.

„Haben Sie das Geld dabei?", fragte er mich als zuerst, als ich auf einem seiner harten Holzstühle Platz genommen hatte.

„Natürlich. Aber nur in Euro", antwortete ich.

„Kein Problem, das Verhältnis ist schon eins zu eins mittlerweile. Sind Sie schon lange in der Stadt?"

„Erst seit drei Tagen. Wie lange glauben Sie, brauchen Sie um Pickert ausfindig zu machen?" Ich reichte ihm einen Hunderter.

„Eine Minute."

„Eine Minute?", sagte ich perplex. „Sie kennen ihn also, und wissen wo er wohnt?"

„Ganz so ist es nicht. Ich kann Ihnen auch nicht sagen, ob die Adresse die ich Ihnen jetzt gebe, noch aktuell ist."

„Wie kommt es, dass Sie diese Adresse kennen?"

„Weil ich sie vor einer Woche bereits recherchiert habe, für einen Kollegen von mir. Und zufälligerweise stammte der auch aus Ihrer Nähe."

„So?", meinte ich überrascht. „Woher komme ich denn?"

„Dem Dialekt nach zu urteilen, aus dem Schwäbisch-Allgäuer Raum. Irgendwo zwischen Allgäu und Bodensee würde ich mal tippen."

„Gut erkannt. Viele hier glauben, ich komme aus Vorarlberg."

„Nie und nimmer, die reden viel kehliger. Außerdem kenn ich eure Ecke etwas. Ich wohnte mal in Lindau, knapp vier Jahre lang."

„Wie hieß dieser „Kollege" der aus meiner Region stammte, und das wissen wollte?"

„Berufsgeheimnis. Kann ich Ihnen leider nicht sagen. Wenn Sie ihn damit konfrontieren, würde er sofort wissen, dass Sie es von mir haben."

Hatte Peter Kelly mich angelogen, und diesen Detektiv den er bei meinem Besuch erwähnte, doch weiter engagiert? Falls ja, hätte er mich schamlos angelogen, dass wäre ein übler Vertrauensbruch.

„Okay, ich werd`s schon noch rausfinden. Also, wo wohnte Pickert zuletzt?"

„In Rapperswil-Jona. Kennen Sie die Stadt?"

„Im hinteren Bereich des Zürichsees?"

„Genau. Ungefähr fünfunddreißig Kilometer von hier. Aber die Betonung liegt bei „wohnte". Er ist dort nicht mehr gemeldet, auch das fand ich heraus."

„Na, Sie sind lustig. Zuerst gebe ich ihnen das Geld und jetzt erzählen Sie mir, dass er dort eigentlich gar nicht mehr wohnt. Jetzt weiß ich genauso viel wie vorher. Dann brauch ich ja erst gar nicht hinzufahren."

„Doch. Ich glaube, es lohnt sich schon. Ich bin mir sicher, dass er dort noch wohnt, nur nicht unter seinem Namen."

„Sie glauben, er wohnt bei jemandem?"

„Genau. Bei meinen Recherchen vor einer Woche fand ich heraus, dass er ein Lokal betrieb bis vor zehn Monaten. Das lief nicht mehr und er meldete Insolvenz an. Und weil er Angst vor einer Pfändung hatte, gab er seinen Wohnsitz auf und hat sich irgendwo eingenistet. Solche Fälle hatte ich schon häufiger. Diese Leute glauben, sie könnten dem Finanzamt und anderen Gläubigern dadurch entkommen, wenn sie nirgends mehr offiziell registriert sind. Dann kommt die Post zurück und so weiter. In vielen solchen Fällen quartieren sie sich bei einem Freund, Verwandten, Exfrau oder ehemaligen Arbeitskollegen ein. Dann sind sie vorerst sicher, bis sie dann irgendwann doch aufgespürt werden oder das Land verlassen."

„Und wen sollte ich Ihrer Meinung nach fragen, der mir in Rapperswil weiterhelfen könnte?"

„Der, von dessen Firma er in den letzten Monaten einen dicken Batzen Geld bekam."

„Sie meinen „Einen" von Pharmakon? Dr. Hürlimann? Wo wohnt der?". Ich kannte den Namen von Nadjas Stick.

„Geben Sie mir nochmal hundert Euro, dann gibt's die Adresse." Ich schmiss noch einen Hunderter auf den Tisch.

„Sie hätten Hürlimann doch letzte Woche auch nach Pickert fragen können, warum haben Sie`s nicht gemacht?"

„Habe ich ja, aber er wollte es mir nicht sagen."

„Und warum sollte er es jetzt ausgerechnet mir sagen?", fragte ich irritiert.

„Weil Sie als unbescholtener „Hobbydetektiv" einen Vorteil mir gegenüber haben, der wirken könnte."

„Und der wäre?"

„Drohen Sie ihm Folter an!"

KAPITEL 41

Tönz und Sutter parkten vor der prachtvollen Villa von Isabelle Werthmanns Hausarzt, Dr. Kurt Löffler. Sein Anwesen lag in unmittelbarer Nähe von der Universität Zürich-Irchel, unterhalb des Zürichbergs. Aufgrund seines Namens, der auf der Arbeitsunfähigkeitsbescheingung stand, konnte problemlos auch seine Privatanschrift ermittelt werden. Er stimmte einer Unterredung sofort zu.

„Kommen Sie rein, meine Herren", begrüßte er die beiden Beamten freundlich, und brachte sie in sein Wohnzimmer. Löffler war Ende vierzig, schlank und hatte hellbraunes, kurzes Haar. Er trug Jeans, ein Nike-Sweatshirt und seine Füße steckten in Birkenstock-Latschen.

„Nehmen Sie Platz. Möchten Sie was zum Trinken? Meine Frau hat schon Kaffee vorbereitet."

„Gerne", sagte Sutter und auch Tönz nickte.

„Petra", rief Löffler. „Bring doch bitte den Kaffee und den Kuchen den du gebacken hast."

Eine Minute später stand seine Frau mit einem Tablett vor ihnen. Sie war Anfang vierzig, gertenschlank und hatte kurze schwarze Haare. Sie trug einen knielangen blauen Rock, ein gelbes T-Shirt und eine graue Strickjacke.

„Gruezi, die Herren", sagte sie in typischem Zürcher Dialekt.

Die beiden grüßten zurück, und nahmen ihr die großen Tassen Kaffee vom Tablett ab, die sie ihnen reichte. Dann setzte sie sich zu ihnen an den Tisch.

„Bedienen Sie sich, meine Herren", sagte sie, und zeigte auf einen gestreuselten Apfelkuchen, der ihnen entgegen duftete.

„Danke, sehr freundlich", entgegnete Tönz und schnappte sich gleich ein Stück.

„Herr Dr. Löffler", begann Sutter. „Sie sind ja seit vielen Jahren der Hausarzt von Frau Werthmann gewesen. War sie häufig krank?"

„Nein, eher selten. Nur in den letzten Wochen gab es eine schlimme Diagnose, die sie sehr mitnahm."

„Welche?"

„Sie hatte Brustkrebs im Anfangsstadium."

„Wann haben Sie das festgestellt?"

„Anfang März bei einer typischen Vorsorgeuntersuchung. Da wurde bei ihr in der rechten Brust ein Tumor entdeckt."

„Haben Sie ihr geraten mit ihrer Arbeit aufzuhören?"

„Noch nicht sofort. Ich sagte ihr, dass wir schnellstmöglich mit der Bestrahlung beginnen sollten. Sie arbeitete ja nur noch Teilzeit, sie konnte problemlos zweimal in der Woche kommen."

„Bis letzte Woche, da haben Sie sie gleich eine Woche krankgeschrieben. Warum?"

„Weil ihre Schmerzen größer wurden. Außerdem hatten sich die Metastasen in kürzester Zeit massiv ausgebreitet.

Ich empfahl ihr jetzt, sofort mit der Arbeit ganz aufzuhören, und eine intensive Bestrahlung mit anschließender Reha zumachen. In fünfzig Prozent aller Fälle ist Brustkrebs heilbar, auch bei Personen über sechzig."

„Sie tat es aber nicht", stellte Tönz fest, der seinen Kuchen verdrückt hatte. „Können Sie sich erklären, warum?"

„Das ist mir auch schleierhaft, schließlich hatte sie nur noch wenige Monate bis zu ihrer Rente. In solchen Fällen scheiden alle Frauen aus dem Erwerbsleben aus. Warum sie das nicht tat, kann ich mir auch nicht erklären."

„Herr Löffler", fragte Tönz, mit der Tasse Kaffee in der Hand. „Das ist jetzt vielleicht naiv gefragt, aber Krebs entsteht ja nicht von heute auf morgen. Wodurch ist er bei ihr entstanden?"

„Wenn man das immer gleich wüsste, könnte man es viel früher behandeln und bekämpfen, aber soweit ist die Forschung noch nicht."

„Und es gibt immer die gleichen Vermutungen, oder?"

„Ja, das sind Vererbung, Bewegungsmangel, Hormone und Umwelteinflüsse in neunzig Prozent aller Fälle. Konkret sind es, laut aktuellen Studien, bei mindestens der Hälfte der Frauen genetische Vorbelastungen. Das heißt, dass eine Vererbung durch die Mutter oder sogar der Großmutter möglich ist. Bei ihr könnte aber noch eine andere Gegebenheit eine Rolle gespielt haben."

„Welche?", fragte Tönz.

„Wussten Sie, dass sie vor drei Monaten bei einer Arzneimittel-Studie mitmachte?"

„Nein", antworteten Tönz und Sutter fast gleichzeitig.

„Jetzt sagen Sie aber nicht, bei Pharmakom?", fragte Sutter.

„Doch, genau bei denen. Und wenn jemand erblich vorbelastet ist, können gewisse Wirkstoffe alles noch schneller auslösen, sogar Krebs. Das ist zwar noch nicht langjährig erforscht, wird aber von vielen Kollegen so gesehen, auch von mir."

„Kriegen Sie als Hausarzt alle Informationen über diese Studien, wenn einer der Interessenten mitmachen will?"

„In der Regel ja. Alle Probanden werden nach ihrem Hausarzt befragt, und der bekommt dann eine Studieninfo. Jedoch haben vor allem viele Jüngere und Obdachlose überhaupt gar keinen Hausarzt."

„Wissen Sie mehr über die Studie, die Frau Werthmann mitmachte?", fragte Tönz.

„Ja, es war eine Anti-Körper-Studie über Blutkrebs. Sie hieß „Nova-Tamil TP-60". Das Mittel wurde in Amerika bereits verabreicht, und sollte in Zürich und danach in Neu-Ulm, einem weiteren Feldversuch unterzogen werden."

„Wer genehmigt solche Studien?", fragte Sutter.

Löffler trank einen Schluck Kaffee. „Gemäß geltendem Arzneimittelgesetz werden vor Beginn jeder Studie die zustimmende Bewertung der zuständigen Ethikkommission, und die Genehmigung der zuständigen Bundesoberbehörde eingeholt. Und wenn die das absegnen, kanns losgehen."

„Und wenn was schiefgeht?", fragte Tönz.

„Jeder Proband handelt auf eigenes Risiko. Es gibt eine ausführliche Aufklärung im Vorfeld, in dem auch die Risiken angesprochen werden. Jedem Teilnehmer wird dadurch bewusst gemacht, dass ein Restrisiko besteht. Dann gibt es nach der Aufklärung noch eine Voruntersuchung. Dort werden die Probanden untersucht und befragt. Nicht jeder wird genommen. Es gibt eine Handvoll von Auswahlkriterien nach denen ausselektiert wird. Mindestens jeder zweite Interessent wird gar nicht genommen."

„Was sind das für Kriterien?", fragte Tönz und griff zum zweiten Kuchen.

„Die meisten Studien sind unterteilt in Männer und Frauen. Gemischte Gruppen kommen sehr selten vor. Dann spielt das Alter eine entscheidende Rolle. In der Regel sind die meisten Studien nur für Personen zwischen 18 – und 50 Jahren möglich. In seltenen Fällen bis 65. Das war bei Frau Werthman der Fall. Bei der „Nova-Tamil TP60-Studie" wurden Teilnehmer bis Höchstalter 65 zugelassen. Über 65 ist dann endgültig Schluss mit einer Teilnahme-Möglichkeit. Dann spielt der BMI eine wichtige Rolle. Übergewichtige und Untergewichtige werden meistens ausgemustert. Bei der Studie von Frau Werthmann durften die Teilnehmer nur zwischen 55 – 85 Kilogramm wiegen. Dann müssen die Teilnehmer Nichtraucher sein, zumindest bis vor einem halben Jahr des Studienbeginns. Und sie dürfen keine Vorerkrankungen haben. Viele über fünfzig haben bereits Arthrose, ein klassisches Ausscheide-Merkmal. Und dann dürfen keine anderen Medikamente regelmäßig eingenommen werden, wie zum Beispiel; regelmäßiger Bezug von gängigen Mitteln wie Ibuprofen, Aspirin oder ähnlichem. Und schon ein leicht erhöhter Systolischer Blutdruck über 90 oder 140 mmHg reicht für eine Ablehnung. Des Weiteren sollten die Teilnehmer sehr viel Zeit haben. Größere Studien haben oft lange stationäre Aufenthalte zur Folge, von häufig 1 – 5 Wochen. Dazu kommen oft viele ambulante Termine. Bei der „TP60-Studie" waren es 14 Übernachtungen und 10 ambulante Termine."

„Interessant", stellte Sutter fest.

„Jetzt sehen Sie, meine Herren, warum diese Firmen meistens so großzügige Honorare zahlen. Probanden zu finden wird immer schwieriger. Und Klinische Studien sind absolut notwendig, um Erkenntnisse über die Wirksamkeit und Verträglichkeit von Arzneimitteln zu gewinnen oder zu erweitern."

„Mag schon sein", knurrte Tönz nach dem zweiten Kuchen. „Solange sich alles im gesetzlichen und seriösen Bereich bewegt. Wir werden alle Studien der letzten vier Jahre von Pharmakon einer genauen Prüfung unterziehen müssen. Ich glaube, da ist einiges abgelaufen, wo sich im Illegalen Bereich bewegt hat. Stellt sich nur die Frage, wie wir nach der Zerstörung an die ganzen Daten der Firma kommen. Wir müssen heute noch den Rechner von Nadja Lück an ihrem Arbeitsplatz, und in ihrer Privatwohnung unter die Lupe nehmen. Eine Bitte: Senden Sie uns ausführliche Info`s über diese TP60-Studie."

KAPITEL 42

Rapperswil-Jona (Kanton St.Gallen), 13.30 Uhr

Rapperswil, seit 2007 wieder Rapperswil-Jona, wird gern als die „Rosenstadt am Zürichsee" bezeichnet. Nach dem Einmarsch der napoleonischen Truppen während der Französischen Revolution 1798, wurde Rapperswil von Jona getrennt und in den damaligen Kanton Linth eingegliedert. 1803 entstand der Kanton St. Gallen und die beiden politischen Gemeinden Rapperswil und Jona wurden diesem neuen Kanton zugeteilt. Seit dem 1. Januar 2007 war nun wieder vereint, was früher schon zusammengehörte. Die Silhouette von Schloss und Kirche über dem See ist das Wahrzeichen der Stadt, und eines der bedeutendsten historischen Baudenkmäler am Zürichsee. Zwei Rosen zieren seit jeher das Wappen der Stadt an der „Riviera des Oberen Zürichsees".

Während ich dies auf meinem Smartphone las, um mich über die Stadt zu informieren, fuhr die S7 gerade in den Bahnhof ein. Von Lechner wusste ich, dass Dr. Peter Hürlimann in der Haldenstrasse, hundert Meter von der Seepromenade entfernt wohnte. Er besaß dort laut Lechners Aussage, ein ziemlich neues Einfamilienhaus, das er vor fünf Jahren gekauft hatte. Die Fahrt dauerte mit der S-Bahn vom Bahnhof Stadelhofen in Zürich, exakt neununddreißig Minuten. Anhand meines Smartphones konnte ich mich sofort orientieren, und lief von der Unteren in die Obere Bahnhofstrasse, bis ich nach fünfzehn Minuten am Stadthofplatz ankam. Dort begann dreißig Meter nach einem Baudenkmal linksseitig die Haldenstrasse, die Richtung See führte. Obwohl ich mich nicht in der Altstadt befand, gefiel mir die bunte Mischung aus wunderschön erhaltenen Bauten und modernen Einkaufsläden. Die Stadt war sauber und gepflegt wie Zürich, und an einigen Anlagen begann man schon mit den Verpflanzungen, von den für die Stadt bekannten Rosengärten. Als ich vor einem Audi Q5 stand, las ich am Gartentor genau die Hausnummer die ich suchte. Das Haus stach mit einem weinroten Flachdach und einem gelblichen Anstrich hervor, absolut auffallend neben den vielen älteren Bauten, die daneben standen. An der Sprechanlage sah ich das Schild; „Peter und Julia Hürlimann".

Ich klingelte.

„Ja, bitte?", fragte eine helle Frauenstimme.

„Grüezi, Frau Hürlimann. Mein Name ist Glaser. Könnte ich bitte mal ihren Mann sprechen?"

„Worum geht's?"

„Um Pharmakom und den Anschlag."

„Sind Sie von der Polizei?"

„Nein, rein privat. Mein Stiefvater war mehrfach bei einer Arzneimittelstudie dabei, und ist jetzt spurlos verschwunden. Vielleicht kann mir ihr Mann helfen, ihn zu finden."

„Warten Sie kurz."

Ich wartete und sah mich um. Hier in der Strasse war keine Menschenseele unterwegs. Wahrscheinlich waren die meisten jetzt beim Festtagsbraten - oder Kuchen essen. Je nachdem, wann die Herrschaften beliebten zu speisen. Vielleicht störte ich auch die Hürlimanns, was mir aber ziemlich egal war.

„Okay, kommen Sie rein", sagte nach einer Minute Wartezeit eine männliche Stimme. Es summte und ich drückte auf das schwere Stahltor. Zehn Meter weiter am Hauseingang stand Hürlimann. Er war ungefähr eins fünfundachtzig, hatte graumeliertes volles Haar, und trug eine Gleitsichtbrille. Ich schätzte ihn auf Mitte bis Ende fünfzig.

„Tschuldigung", begann ich, als er mir die Hand reichte, „....... für die Störung. Aber es ist wirklich sehr wichtig. Paul Glaser ist mein Name." Er sah mich skeptisch an.

„Dr. Hürlimann. Wie kann ich Ihnen helfen?" Er machte keinerlei Anstalten mich ins Haus zu bitten.

„Es geht um meinen Stiefvater aus dem Allgäu. Er zog vor geraumer Zeit nach Zürich. Er erzählte uns, dass er die ein - oder andere Studie bei Ihrer Firma mitgemacht hat. Und komischerweise ist er seit drei Monaten wie vom Erdboden verschluckt."

Sein Blick wurde noch finsterer. „Junger Mann", meinte er, „da hätten sie zur Polizei gehen müssen. Wir sind hier doch keine Vermissten-Anlaufstelle. Wie heißt denn der werte Stiefvater?"

Ich sah ihn prüfend an wie bei einem Augentest.

„Walter Pickert." Ich glaubte, ein leichtes Zucken in seinen Augenlidern festzustellen.

„Gut, setzen wir uns kurz in den Garten. Es regnet ja ausnahmsweise mal nicht. Obwohl ich kaum glaube, dass ich

213

Ihnen weiterhelfen kann." Ich folgte ihm, als er um das Haus lief zu einem Gartentisch aus blauem Kunststoff und drei weißen Stühlen. Wir befanden uns auf einem gepflegten Rasen mit gut hundertfünfzig Quadratmetern Wiesenfläche. Der Wiesengrund war umgeben von mehreren dicht aneinanderstehenden, etwa zwei Meter fünfzig hohen Rhododendronbüschen, die von außen die Sicht auf das Haus verwehrten. Im hinteren Bereich der Wiese war ein kleiner Tümpel mit vielleicht sechzig Quadratmeter Wasserfläche angelegt.

Ich taxierte ihn genau, um mögliche Ähnlichkeiten mit dem Mann im Strohhut festzustellen, der bei dem Anschlag beim Waschcenter stand. Die Größe konnte hinhauen, und den Bart konnte man sich schnell ankleben. Dann noch eine dunkle Brille dazu, und fertig war die Verwandlung. Es konnte aber genauso gut auch Dr. Walker sein, den ich noch gar nicht zu Gesicht bekommen hatte. Auf Nadjas Stick waren zwar umfangreiche Informationen, aber kaum Bilder von den beiden Typen.

„Waren Sie schon bei der Polizei?", fragte er mich.

„Ja, die sind auch ratlos. Sie meinten, ich soll einen Privatdetektiv beauftragen, aber ich habe kein Geld für so einen Schnüffler."

„Und da dachten Sie, ich geh einfach mal spontan zu dem lieben Doktor Hürlimann nach Rapperswil, der kann mir bestimmt schnell helfen."

„So ungefähr."

„Wissen Sie was, Herr Glaser? Ich glaube Ihnen kein Wort.

Und dass Sie sein Stiefsohn sein sollen, glaube ich schon zweimal nicht. Soviel ich weiß, hatte er nur eine Tochter. Aber ich will Ihnen trotzdem sagen, wo er vielleicht sein könnte, dann können Sie auch wieder verschwinden."

In seiner Stimme war der anfängliche, halbwegs freundliche Ton, nun vollends verschwunden.

„Pickert hat in dieser schönen Stadt mit seiner Freundin ein italienisches Lokal betrieben, in der Altstadt drüben. Zwar ist die Altstadt wunderschön, aber im Winter ist hier in der Stadt nix los. Da fließt dann von November bis April nur ein erbärmlicher Umsatz. Das hat ihn wahrscheinlich in die Pleite getrieben. Er hat versucht das zu kompensieren, indem er und seine Freundin im Winter bei uns im Institut Studien mitmachten. Aber das ging nur bis letztes Jahr, jetzt ist er zu alt dafür. Es gibt so gut wie keine Studien, wo Probanden über fünfundsechzig gefragt sind. Und das ist er letztes Jahr geworden. Pech für ihn. Bei seiner Freundin geht's noch, die ist fast zwanzig Jahre jünger. Aber auch sie habe ich seit einem halben Jahr nicht mehr gesehen. Vielleicht sind Sie nach Italien abgehauen."

„Warum gerade Italien?"

„Seine Freundin ist Italienerin, und soviel ich weiß, betreiben die beiden Brüder von ihr eine Lokalkette von acht Restaurants in Rom."

„In Rom?"

„Erzählten Sie uns häufiger. Meine Frau und ich sind oft bei ihm im Lokal gewesen. Die Küche war ganz gut, aber es hat ihm leider nichts genützt."

„Wo war das Lokal?"

„In der Altstadt, im ehemaligen Rathaus. Dort eröffnet ab Mai ein Asiate, obwohl es in Rapperswil davon auch schon genug gibt. Aber jetzt hab ich Ihnen genug erzählt, den Rest müssen Sie selber rausfinden. Notfalls müssen Sie halt nach Rom fahren", meinte er spöttisch.

„Noch eine letzte Frage."

„Aber unweigerlich die letzte."

„Wie standen Sie zu Nadja Lück?"

Sein Gesicht rötete sich leicht. Ich glaubte, eine gewisse Unruhe bei ihm festzustellen. Er knetete seine Finger.

„Was wollen Sie jetzt mit ihr? Suchen Sie die etwa auch?"

„Ich brauche Sie nicht mehr zusuchen, weil Sie bei dem Anschlag in Ihrem dubiosen Institut ums Leben kam. Aber warum erzähle ich Ihnen das? Sie haben ja das Attentat in Auftrag gegeben, um sie und Ihren Bruder sowie alle anderen Spuren zu beseitigen. Auf ihrem Rechner hatte Nadja einige interessante Artikel von Ihnen und Ihrer Firma kopiert. Und dann hat sie es auf einem USB-Stick gesichert. Es gab ja schon mal einen Skandal, vor anderthalb Jahren. Damals sind Sie ja nur mit guten Anwälten, gerade noch unbeschadet aus der Nummer rausgekommen."

Ich merkte, dass er kurz vor eine Explosion stand. Aber bei einem war ich mir sicher: Polizei würde er keine rufen. Fragte sich nur, ob das nicht für mich ein Nachteil war?

„Glaser, Sie hätten nicht hierherkommen sollen. Sie sind sehr dumm. Haben Sie dass, was Sie da erzählen, auch der

216

Polizei so erzählt?"

„Noch nicht. Ich wollte schließlich wissen, wo ich Walter Pickert finde. Jetzt habe ich eine konkrete Spur, aber zuvor sind erst mal Sie fällig, Hürlimann."

Vielleicht hatte ich es jetzt zu weit getrieben. Ich war unbewaffnet hier. Mit ihm würde ich bestimmt fertig werden. Aber was wäre, wenn wieder zwei so kaputte Schläger auftauchten? Und womöglich mit Schusswaffen? Das konnte nicht immer gut gehen. Trotzdem setzte ich nach, ich war wie um Rausch. Der nüchterne Verstand setzte kurzzeitig aus.

„Sind Sie für den Anschlag auf das Gebäude von Pharmakon verantwortlich, Dr. Hürlimann? Sind Sie der ominöse Auftraggeber mit dem Strohhut und dem ätzenden Bart?"

Meine klar formulierte Frage ließ ihn vibrieren. Hatte er noch einen Trumpf im Ärmel? Ich war überrascht über seine Antwort.

„Vielleicht bin ich es, Glaser. Sie müssen wissen, heute ist alles eine Sache des Geldes. Als verantwortlicher Leiter einer Studienfirma verdienen Sie 12 000 Franken monatlich. Was glauben Sie, wie lang man da an solch einer Hütte hier für zwei Millionen abbezahlt? Und dann bekommen Sie ein Angebot, dass sie Millionen auf einen Schlag bekommen, nur weil sie die Studie „TP-60" durchziehen, bei der die Ratten in Amerika Krebs bekamen."

Mir wurde es fast schlecht bei seiner Aussage. Zornig legte ich nach: „Und dann bekommen die meisten Studienteilnehmer in der Schweiz genauso Tumore? Ist es das wert?

217

Und damit es nicht auffällt, lassen Sie die kranken Probanden durch zwei professionelle Killer beseitigen. Aber Lück hat nicht nur die Mordspuren untersucht, sondern auch das Gewebe und die inneren Organe, und wollte es zuerst seiner Schwester mitteilen. Ihr Glück, dass er damit nicht sofort zu seinen Kollegen von der Gerichtsmedizin ging. Da sagten Sie sich, jage ich doch gleich den ganzen Laden in die Luft, dann sind Lück und alle anderen Spuren beseitigt! Sie sollte man bei lebendigem Leib verbrennen, Hürlimann. Sie sind der letzte Dreck!"

„Haben Sie außer heißer Luft auch Beweise, Glaser?"

Ich zog meinen Stick aus der Brusttasche.

„Hier!", sagte ich triumphierend. „Ich wollte Sie nicht nur überführen, sondern auch gleichzeitig wissen, wo ich Walter Pickert finde. Wegen dem bin ich ja eigentlich in die Schweiz gekommen. Dass ich fast zufällig auf so einen skrupellosen Massenmörder wie Sie stosse, hätte ich mir in den kühnsten Träumen nicht vorstellen können. Aber damit ist jetzt Schluss."

Meine Stimme überschlug sich fast. Er grinste mich auf einmal nur noch teuflisch an.

„Und jetzt?", flüsterte er fast, und beugte sich zu mir vor. „Glauben Sie allen Ernstes, ich gehe jetzt mit Ihnen brav zur Polizei? Sind Sie wirklich so naiv, Jungchen?"

„Weiß eigentlich Ihre Frau, was sie für einen Scheißdreck von Mann geheiratet hat?"

„Fragen Sie sie doch am besten selbst. Sie steht hinter Ihnen", erwiderte er grinsend.

218

Ich drehte meinen Kopf zur Seite, da verstand ich sein Grinsen. Ich sah in den Lauf einer Pistole, mit aufgeschraubtem Schalldämpfer!

Zu hoch gepokert, zu viel riskiert. Vielleicht hatte das viele Adrenalin, das mich seit Tagen aufputschte, meinen Verstand außer Kraft gesetzt?

Eine hochgewachsene Frau mit langen schwarzen Haaren, hielt seelenruhig eine Waffe in mein Gesicht. So wie sie aussah, traute ich ihr sogar auch zu, dass sie ohne mit der Wimper zuzucken, abdrückte. Die Hecken waren so hoch, dass kein Außenstehender um das Gebäude herum was sehen konnte.

Sie war unwesentlich älter als ich, um die vierzig, und sah aus wie eine Südamerikanerin. Ihr Deutsch war etwas gebrochen, also bestimmt keine Einheimische. Obwohl, es gab ja auch noch die italienische und französische Schweiz.

„Sehen Sie den kleinen Teich da vorn?", fragte sie.

Ich hatte den kleinen „Tümpel" schon vorher bemerkt und nickte nur.

„Der ist ungefähr neunzig Zentimeter tief und schön trüb. Und darin schwimmen, sie werden es kaum glauben, äußerst gefräßige Karpfen. Die haben sogar schon zwei Katzen unserer Nachbarn verspeist, die wir erschossen haben, weil sie ständig in unserem Garten herumgewildert haben. Und überall im ganzen Viertel hängen Suchplakate von den blöden Mistviechern. Und Sie drittklassiger „007", sind das nächste Fischfutter! Wenn nur noch Knochen übrig sind, schmeißen wir ihr Skelett da vorn in den Zürichsee. Nachts, nach einem schönen Spaziergang, wenn niemand es mit-kriegt."

„So, wie ihr schon eine andere Leiche darin entsorgt habt?"

„Tja, der liebe Dr. Walker kriegte kalte Füße, und wollte aussteigen. Pech für ihn, er wäre jetzt auch Millionär."

„Ich dachte, Dr. Hürlimann, nur Sie sind ein Psycho, aber anscheinend ihre Gattin auch. Deshalb habt ihr euch wahr-scheinlich gefunden, oder?"

„Geliebte", korrigierte er mich. „Meine Frau kam leider aus dem letzten Urlaub in Acapulco nicht mehr zurück. Dafür diese bezaubernde Dame, mit den fast gleichen Interessen wie ich. Aber genug geredet, stehen Sie auf!"

„Was haben Sie mit mir vor? Wollen Sie mich an Ort und Stelle erschießen? Ein Detektiv aus Zürich weiß, das ich hier bin, er hat sie vor einer Woche auch aufgesucht."

„Stimmt. Anscheinend ist dieser Pickert in Deutschland sehr begehrt, warum auch immer. Aber er wird keinen Verdacht schöpfen, Sie wird keiner mehr lebend sehen. Und der Polizei erzählen wir, dass Sie nach einer gemütlichen Tasse Kaffee, ihren lieben Stiefvater weiter gesucht haben. Keiner wird Verdacht schöpfen. Sie sind zwar sehr mutig, aber zu ungestüm, dumm und unvorsichtig. Von ihrem Stick haben Sie bestimmt keinen weiteren Datenträger kopiert, oder?"

Ich sagte nichts, aber seine Vermutung war richtig. Die ganzen Beweise befanden sich hier auf dem winzigen Teil. Und der Teil, der sich auf Nadja`s Rechner befunden hatte, wurde von ihr nach dem Kopieren gelöscht. Auf ihrem PC befanden sich nur noch alte Artikel über Pharmakon und die Teilnehmerlisten. Sprachaufnahmen von ihrem Bruder, und die festgestellten Krankheiten der Probanden, waren nur noch auf dem Stick.

„Nehmen Sie ihre Hände über den Kopf, und gehen Sie zu dem hübsch angelegten Teich vor", befahl Hürlimann. „Sabrina erschießt sie sonst gleich hier!"

Zögerlich stand ich auf, und ging fast in Zeitlupe vorwärts.

Vierzehn Meter bis zum Teich.

Nur noch ein Wunder konnte mich retten. So sollte es also enden, und keiner würde mitbekommen, was mit mir hier geschah. Und nur, weil ich hier den Helden spielen musste. Es miefte, ich roch bereits das verstunkene Wasser.

Noch sieben Meter.

Vielleicht befanden sich im Wasser noch mehr Tote, denen das gleiche widerfuhr wie mir? Der Detektiv von letzter Woche, wo war er? Ich würde es wahrscheinlich nie mehr erfahren. Wie würde der Prozess mit Peter ausgehen?

Noch fünf Meter.

So durfte es nicht zu Ende gehen. Ich sah den ersten Karpfen schlängelnd in der dunklen Brühe.

Noch vier Meter.

Nicht so, in einem elenden Teich, auf dem Grundstück eines wahnsinnigen Arztes, dem jegliches Menschenleben total egal war. Der aus Geldgier alle tötete, die ihm in die Quere kamen. Ein skrupelloser Massenmörder.

Noch drei Meter.

Ich erinnerte mich an einen Film mit Johnny Depp, meinem Lieblingsschauspieler. Dort kam der Held im Kugelhagel um, als er sich völlig aussichtslos auf drei Verbrecher stürzen wollte. Sie durchlöcherten ihn wie ein Sieb, aber wenigstens starb er im Mute der Verzweiflung. Ich wollte ähnlich sterben.

Ehrenhaft, wie die Helden in den großen Geschichten.

Nicht kampflos wie ein kranker alter Köter, dem man den letzten Gnadenschuss verpasst. Deswegen musste ich in den nächsten Sekunden handeln, jeden Moment konnte der tödliche Schuss erfolgen.

Noch zwei Meter.

Hürlimann stand leicht rechts von mir, circa drei Meter entfernt. Seine Geliebte war ungefähr zwei – bis drei Meter direkt hinter mir.

Noch anderthalb Meter.

Es war ein aberwitziger Akt der Verzweiflung. Die Sehnsucht eines Mannes, der noch nicht mit siebenunddreißig Jahren sterben wollte.

Noch einen Meter.

In atemberaubender Schnelligkeit drehte ich mich um, und sprintete auf die Frau zu.

„Schieß!", brüllte Hürlimann.

Noch fünfzig Zentimeter bis ich zuschlagen konnte.

Aber die schnellste Aktion meines Lebens, war nicht schnell genug. Ich hörte einen Knall, und wunderte mich über den

Laut, trotz des Schalldämpfers. Dann spürte ich, wie sich eine Kugel im Körper anfühlt. Ähnlich, wie wenn ein großer Nagel mit dem Hammer in die Haut geschlagen wird. Es fühlte sich grauenvoll an, ein bestialischer Schmerz. Er bereitete sich sofort im ganzen Oberkörper aus und raubte mir den Verstand. Ich konnte nicht mehr lokalisieren wo die Kugel einschlug, aber die Wucht war so groß, dass ich zurückkatapultiert wurde. Es war, als würde ich auf einmal schweben, und mein Körper sich vom Boden abheben. Ich spürte noch den Aufprall, als ich auf dem Wasser aufschlug und eintauchte.

Das war`s dann wohl.

Vielleicht würde ich Nadja im Himmel wiedersehen?

Leb wohl Peter.

Lebt wohl Eltern.

Mission gescheitert.

Verzeiht mir meine Dummheit.

Dann spürte ich nichts mehr.

KAPITEL 43

Zur selben Zeit

„Arme nach oben, Hürlimann! Sonst ergeht's Ihnen genauso wie Ihrer Partnerin!", schrie Paola Korb, und hielt mit beiden Händen die Pistole auf ihn gerichtet. Hürlimann starrte wie apathisch auf seine blutüberströmte Geliebte, die vor ihm röchelnd am Boden lag. Er kniete sich zu ihr, und versuchte das herauslaufende Blut zustoppen. Montani hatte ihr in die rechte Brust geschossen, fast zur gleichen Zeit als sie selbst schoss. Ihr rechter Busen war vollständig zerfetzt, und eine riesige Blutlache breitete sich unter ihr aus.

„Pfoten hoch und aufstehen, sonst knallt's!", brüllte auch Montani. Er sah, dass die Waffe die Glaser traf, nur einen halben Meter von Hürlimann entfernt am Boden lag.

Aber Hürlimann ignorierte alle Warnungen, und stopfte seine Hände wie ein Tuch auf die angeschossene Brust.

„Ihr habt sie erschossen, ihr Schweine!", heulte er hysterisch wie von Sinnen.

„Stehen Sie endlich auf, Hürlimann. Es kommt gleich der Notarzt, der wird sie behandeln", sagte Korb und hielt unbeweglich die Waffe auf ihn gerichtet. Sie wusste aus Erfahrung, dass nahezu alle Verbrecher unberechenbar waren. Sie stand drei Meter rechts von ihm, und verfolgte jede seiner Bewegungen. Montani stand zwei Meter links von ihm, ebenfalls die Waffe im Anschlag.

„Montani, kümmern Sie sich um Glaser. Holen Sie ihn aus dem Wasser", befahl Paola Korb. „Falls er noch lebt, ersäuft er sonst. Schnell!"

Montani sprang zum Teich und zog den leblosen Körper aus der dunklen Brühe. Dabei schwamm ein Karpfen über seinen rechten Arm. Er legte den blutenden Glaser sanft auf dem Boden ab, und öffnete dann sein Hemd.

Dann fiel ein weiterer Schuss.

Montani drehte sich blitzschnell um, und sah den brüllenden Hürlimann, der zu Boden sackte. Er hatte versucht die Waffe seiner Freundin zu ergreifen, und Paola Korb schoss ihm ohne weitere Vorwarnung in die Schulter.

Dann stürmten weitere fünf Polizisten in schusssicheren Westen, und ein Notarzt in den Garten. Sie sahen das blutige Szenario, und wussten, der Spuk ist zu Ende.

KAPITEL 44

„Hallo, wie geht's Ihnen?"

Eine sanfte Hand legte sich auf meinen Unterarm und tätschelte ihn. „Ich bin Dr. Steinberger, der Ihre Wunde behandelte." Ein schlanker Mann in weißem Kittel, Mitte dreißig, stand vor meinem Bett und sah auf meine bandagierte linke Schulter.

Premiere: Erstmals waren meine linke Hand und meine linke Schulter gleichzeitig verbunden.

Ich betrachtete meinen neuen Verband und erwiderte: „Mussten sie die Kugel rausholen, Doktor?"

„Nein, glatter Durchschuss. Sie hatten Riesenglück. Wenn Sie ihre Schulter schonen, ist sie in sechs - bis acht Wochen wieder weitestgehend verheilt. Wir haben Sie gestern, nachdem sie eingeliefert wurden, in Narkose versetzt und dann behandelt. Es wurde kein Knochen getroffen, sondern der Schuss ging genau zwischen dem Oberarm und dem Schulterblatt durch. Haben Sie Schmerzen?"

„Nein, kaum was zu spüren. Wie geht's denn meiner Hand? Haben Sie die auch angesehen?"

„Bestens, fast verheilt. Sie sollten halt nicht unbedingt eine Schlägerei anzetteln", meinte er grinsend. „Morgen können wir den Verband von der Hand abnehmen."

„Wo bin ich hier?", fragte ich.

„Im größten Krankenhaus vom Kanton Zürich, und einem der größten der Schweiz. Hier bei uns sind 43 Kliniken und Institute unter einem Dach vereint. Sie sind in besten Händen, Herr Glaser."

„Da habe ich keine Zweifel. Wann kann ich wieder gehen?"

„Nichts überstürzen. Sie bleiben auf alle Fälle mindestens drei - bis vier Tage hier, solange beobachten wir auf jeden Fall den Heilungsverlauf. Dann erhalten Sie morgen eine Schlinge, und sollten dann den Arm und die Schulter die nächsten vier Wochen auf keinen Fall belasten."

Er hielt kurz inne. „Eine Frau und ein Mann von der Kripo, stehen draußen vor der Tür. Möchten Sie sie empfangen? Sie müssen nicht."

„Lassen Sie sie ruhig rein, ich möchte Sie gern sprechen."

Zwei Minuten später standen die Kommissare Korb und Montani vor meinem Bett.

„Und, wie fühlt sich unser mutiger Allgäuer?", fragte Paola Korb und lächelte mich dabei an.

„Hervorragend, den Umständen entsprechend, wie man so schön sagt. Was ist mit Hürlimann und seiner Partnerin?"

„Sie ist tot, und er hatte eine Kugel in der Schulter, die aber mittlerweile entfernt wurde. Wir hoffen, er ist beim Verhör geständig, dann können wie die Firma auffliegen lassen."

„Wie kam es, das Sie im entscheidenden Augenblick bei Hürlimann waren?"

„Otmar Tönz, unser geschätzter Kollege, hat Ihnen nach der Explosion, während Sie verarztet wurden, einen GPS-Sen-

227

der verpasst. Genau hinten an der Gürteschnalle. Gut, dass Sie so selten die Hosen wechseln, so wussten wir immer wo Sie sich aufhalten."

„Das heißt, Sie haben auch die Schlägerei mitbekommen?"

„Ja, aber bis wir eingetroffen sind, waren sie schon fertig mit den Typen, so mussten wir nicht mehr eingreifen. Dann haben wir sie weiter zu Nadja Lücks Wohnung verfolgt. Den Rest können Sie sich denken."

„Gibt's noch mehr Drahtzieher außer Hürlimann?"

„Das werden wir die nächsten Tage und Wochen sicherlich noch herausfinden. Die Studien-Aufträge erfolgten ja immer von den Staaten aus. Die TP-60 Studie war auf jeden Fall von der Europäischen Ethik-Kommission nicht erlaubt, aufgrund der furchtbaren Nebenwirkungen in den USA."

„Etwas wird Ihnen bei der Aufklärung helfen?"

„Was?", fragte Montani.

„Holen Sie mir bitte meine Lederjacke aus dem Schrank."

Montani machte den kleinen Schrank neben meinem Bett auf, holte die Jacke vom Bügel und reichte sie mir. Mit der rechten Hand nahm ich sie ihm ab. Sie war immer noch nass vom Vortag.

„Ich hoffe, dieses Teil ist unversehrt, denn es war in meiner wasserdichten Smartphonetasche.

Dann nahm ich den winzigen USB-Stick aus der geschützten Tasche, wo auch mein Samsung drin steckte.

„Daten von der Klinik?", fragte die Korb.

„Genau. Details, die Nadja und ihr Bruder sammelten seit vielen Monaten. Das müsste reichen, um auch den Mutterkonzern in den Staaten zur Rechenschaft zuziehen. Dafür klagen Sie mich nicht an, wegen zurückgehaltener Beweismittel", meinte ich schmunzelnd.

„Versprochen", erwiderte Korb.

Sie steckte den Stick in ihre Jacke, und sah ihren Kollegen an. Anscheinend wollten sie mir noch was mitteilen.

„Auch wir haben noch eine Überraschung für Sie", meinte Montani.

„So? Na, da bin ich aber mal gespannt. Ich hoffe, eine Positive?"

„Klar. Sind Sie in der Lage, mit uns einen Spaziergang von knapp hundert Meter zu machen, ein Stockwerk höher?"

„Kein Problem. Ich ziehe mir nur noch einen Bademantel an, dann kann`s losgehen."

Ich lag nur in meiner Boxershort im Bett, und nahm mir den weißen Bademantel der über einem Stuhl lag. Da außer mir keiner im Zimmer war, wurde er mir bestimmt von der Klinik zur Verfügung gestellt. Ich stand auf, stieg in meine Badeschlappen und Montani half mir in den Mantel.

„Kann losgehen", sagte ich. Ich spürte einen ganz leichten Schwindel, der vermutlich von dem Antibiotika kam, dass sie mir bestimmt verabreicht hatten.

Mit leicht unsicheren Schritten, watschelte ich neben ihnen zum Aufzug, dann fuhren wir eine Etage höher.

Als wir ausstiegen, gingen wir noch zwanzig Meter den

Gang entlang, und standen dann vor einer Tür mit der Aufschrift: „Intensiv".

Montani klopfte kurz und trat alleine ein. Dann kam er nach dreißig Sekunden wieder, und meinte: „Okay, wir dürfen rein."

Er ging voraus, ich war in der Mitte, die Korb hinter mir.

Wir betraten das Zimmer und blieben nach drei Metern in dem Raum stehen, wo ein einzelnes Bett an der Wand stand.

Der Anblick raubte mir den Atem!

An sieben Schläuchen angeschlossen, lag eine fast am ganzen Körper einbandagierte Frau im Bett. Sogar ihr Gesicht war bis auf einen Augenschlitz verbunden.

Nadja!

Sie hatte überlebt, und ihre offenen Augen starrten zur Decke. Anscheinend konnte sie sich nicht bewegen. Meine Augen wurden feucht.

„Sie hat überlebt", schluchzte ich überwältigt, und legte meine Hand auf ihre Decke. Ich beugte mich über sie und sah in ihre Augen. Sie erkannte mich und zwinkerte heftig.

„Sie hat einen langen weiten Weg vor sich", meinte Paola Korb fast flüsternd. „Bei der Explosion stand sie hinter einem Stahlschrank, wo sich auch ein Tresor befand. Der hat einen Teil der Detonation abgefangen. Sie wird aber nie mehr so sein wie vorher. Aber das Wichtigste, sie lebt!" Dann schlug sie die Decke zur Seite, und ich trat noch näher an Nadja ran.

Meine Tränen liefen ungehindert entlang meiner Wangen, und tropften auf ihren Körper. Von dem, was von ihrem ehemaligen schönen und wohlgeformten Leib noch übrig war. Die Sprengkraft hatte sie zwar nicht voll erwischt, aber ihr das rechte Bein und den linken Arm abgerissen. Wahrscheinlich hatte sie auch noch einige Splitter im Körper. Ich wollte die ganzen Einzelheiten nicht wissen, noch nicht.

„Sie wird irgendwann Prothesen erhalten", beruhigte mich Paola Korb ganz leise. Auch ihr standen die Tränen in den Augen. „und auch wieder arbeiten können. Die Zeit heilt alle Wunden, auch ihre."

Ich nahm meine gesunde Hand, und drückte ganz sanft auf Nadja`s Finger. Sie spürte es und erwiderte den Druck. Aus glasigen Augen blickte sie mich traurig an. Sie würde bestimmt wieder weitestgehend gesund werden.

Wir würden uns auf jeden Fall wiedersehen.

Ich hatte keine Zweifel.

KAPITEL 45

Eine Stunde später

Ich lag wieder alleine in meinem Krankenzimmer und griff zu meinem Smartphone. Ich musste vorausschauen, und durfte nicht mehr so viel an die schwerverletzte Nadja denken. Auch wenn es mir verdammt schwerfiel.

Wieder hatte ich eine absolut unvernünftige Sache beschlossen:

Nach der kommenden Nacht, würde ich das Krankenhaus auf eigenes Risiko verlassen. Ich war hier wegen einer Mission, die es noch zu erledigen galt. Noch waren einige Tage Zeit bis zum Prozessbeginn von Peter Kelly. Der Detektiv war bestimmt nicht von ihm angeheuert worden, der Lechner letzte Woche aufgesucht hatte. Ich vertraute Peter absolut, und er brauchte schnellstens Hilfe. Ich war der Einzige, der ihm helfen wollte und konnte. Ich buchte einen Flug, der morgen um 10.38 Uhr vom Flughafen Zürich aus starten würde.

„Scheiß auf die Verletzungen", sagte ich zu mir selbst.

Vielleicht reichte die Zeit noch. ROM wartete auf mich.

Doch das ist eine andere Geschichte.

DICHTUNG UND WAHRHEIT

Die Geschichte ist natürlich frei erfunden, jedoch haben in den letzten Jahrzehnten zahlreiche Arzneimittelstudien stattgefunden, wo es zum Teil viele Tote und noch mehr dauerhaft Geschädigte gab!

DIE BEKANNTESTEN:

Sulfanilamid-Katastrophe (1937). Über 100 Tote.

Stalinon (1957).

Contergan-Skandal (1962). Bis zu 10 000 geschädigte Kinder, sowie eine unbekannte Zahl von Totgeburten.

Lipobay (2001). Zahlreiche Todesfälle. Genaue Zahl unbekannt.

Vioxx (2004). Mehrere Tote. Circa 10 000 Klagen gegen den Hersteller.

Mediator (2009). Allein in Frankreich mindestens 500 Tote.

Heute schreibt die Gesetzgebung der meisten Länder die systematische Sammlung und Auswertung von Zwischenfällen vor, die bei einer breiten Anwendung eines Arzneimittels bekannt werden (Pharmakovigilanz). Auch bereits vor der Vermarktung kann es im Rahmen der Entwicklung zu verheerenden Nebenwirkungen kommen, wie der Fall um den monoklonalen Antikörper TGN1412 zeigte, dessen Entwicklung zur Behandlung Autoimmunkrankheiten 2006 dadurch abrupt endete. („TeGenero-Skandal").

Arzneimittelskandale entstehen auch durch Fälschungen, wie etwa der Heparin-Skandal im Jahr 2008, wo der Wirkstoff von gerinnungshemmenden Medikamenten mit einem minderwertigen, billigeren Stoff gestreckt wurde. Ein anderer Fall wissentlich unsachgemäßer Herstellung führte in den 1980er Jahren zum Arzneimittelskandal der Infektionen durch HIV-kontaminierte Blutprodukte.

2014/15 kam es zu einem Skandal durch die Aufdeckung von mutmaßlicher Datenfälschung. In den Jahren zuvor waren für eine Vielzahl von Generika Arzneimittelzulassungen auf Basis von Bioaquivalenzstudien erteilt worden, deren Datenerhebung sich im Nachhinein als fragwürdig herausgestellt hatte. (Skandal um „GVK-Biosciences").

Quelle: Wikipedia (Oktober 2015).

Danksagung

Ich möchte mich bei all den Leuten bedanken, auf deren Liebe und Rat ich mich stützen konnte. Ein ganz besonderer Dank gilt der lieben Familie Walker aus der Schweiz, die mir einen besseren Einblick in die wunderbare Region um den Zürichsee ermöglichten. Danke, dass ich bei euch einige Tage verbringen durfte, um die Bevölkerung und einiges andere besser kennenzulernen.

Merci für eure Tipps, und vor allem für deine Anregungen, Isabelle. Ich hoffe, wir sehen uns bald wieder.

Die Auflistung der bekanntesten Skandale habe ich von der Internet-Plattform „Wikipedia" entnommen.

Marc Palmer

Der Roman; „TEUFEL IM KOPF", ist die Entstehung der Geschichte um Peter Kelly, dessen Name häufig in diesem Roman auftaucht. Wer also die Vorgeschichte, bis zur Verhaftung von Kelly erfahren möchte, sollte ihn lesen.

Er erzählt die Geschichte, wie Kelly durch Teilnahme eines Schreibzirkels eine Story um den „Schneeteufel" klaute, und mit dieser einen Bestseller landete.

Gleichzeitig ereigneten sich in seinem Umfeld einige mysteriöse Morde an Personen, mit denen Kelly was zutun hatte. Paul Glaser wird zwar dort einige Male erwähnt, spielt aber in diesem Roman nicht mit.

Im Frühjahr 2016 wird dieser Roman mit neuem Layout und Titel, als Neuauflage erscheinen!

Der Titel lautet:

DIE BESTIE IN MIR